La flauta mágica

Eduardo Mendicutti

ULTIMA
CONVERSACION

1.ª edición: septiembre 1991

Diseño de la colección y de la cubierta: MBM
Reservados todos los derechos de esta edición para
Tusquets Editores, S.A. - Iradier, 24, bajos - 08017 Barcelona
ISBN: 84-7223-385-5
Depósito legal: B. 24.257-1991
Impreso sobre papel Offset-F Crudo de Leizarán, S.A. - Guipúzcoa
Impreso en España

A veces algún ave vuela, próxima, sobre los grupos. Ya la luz se acorta. Se adivina la noche. Todas juntas, las gaviotas se alzan y regresan a sus propios rincones.

Jorge Guillén, *Final*

Se está agrietando el mar. Al anochecer, se dilata como una pupila enferma, supurante, se tiñe con el incendio del crepúsculo y parece sangrar como un inmenso ojo acuchillado. Amalia está sentada en el balcón que da a poniente, tratando de abrigarse con un chal de lana que, en realidad, la aísla, la encarcela en un extraño trance en el que todos los poros de su cuerpo parece que se retraen, como libélulas aturdidas, y la desconciertan hasta el punto de obligarla a una densa pasividad, a una inercia oscura, sonámbula, a una contemplación imprecisa, pero corrosiva, del paisaje. La bajamar obedece, sin duda, a una hinchazón de la tierra. Amalia entorna los ojos y ve el rostro agigantado de la playa y la piel púrpura del crepúsculo corrompiéndose como las escamas de un pez pardo y podrido, y el mar que se deforma, se desperdiga, se afila hasta lo inconcebible entre las piedras de la escollera —ya apenas vienen mariscadores a Los Corrales, pero no es que importe demasiado el letrero que advierte que el semicírculo de rocas es propiedad particular, en realidad ocurre que el tiempo y los desaprensivos lo han destrozado y ya sólo aparecen por ahí, de tarde en tarde, sobre todo en verano, ilusos o nostálgicos de otros días, cuando llegaban grupos alborotadores a escudriñar en las piedras y ella misma, Amalia, era capaz de reír a gritos, como si fuera feliz, y a veces subían todos a la terraza de Montecarmelo, invitados por el abuelo de Amalia, a tomar una copa de Cortijera, la turbia y densa manzanilla, casi opaca, que era el orgullo familiar, y el viejo coronel bromeaba, en ocasiones burdamente, con las muchachas, y Amalia sucumbía entonces a una seriedad enfermiza y desagradable y tal vez por ello, compadecido, Rafael Murillo empezó a cortejarla—, mientras la luz se disuelve en la penumbra extremadamente sosegada de cada anochecer y un olor ácido y lejano crece por la atmósfera, se adhiere a la vegetación, penetra en las habitaciones de esta casa pretenciosa, fría, cada vez más fría a pesar de que ya está próxima la primavera. El viejo coronel murió una noche de finales de agosto, nonagenario, con el viento de levante golpeando los vidrios de todas las ventanas y balcones del caserón, y con Amalia, todavía una adolescente huraña y melancólica, aterrorizada por el acoso de aquel tempo-

10

ral nocturno que parecía rumiar los despojos de la muerte. Don Luis ordenó un entierro tan escueto que Lola Porcel estuvo doce días sin hablarle. Pero Lola Porcel ya no conserva los recuerdos, sino una maraña de alucinaciones que trata de identificar, con frecuencia en voz alta pero confusa, mientras pasea con inquebrantable torpeza por los pasillos, sin que la dejen asomarse a la terraza porque el mar la desquicia. Ha llegado el señorito Marcos, dice Julia, y Amalia no puede evitar una mueca de desagrado, casi repugnancia, que la criada se niega a compartir —es guapísimo, señora, se da un aire a Tony Curtis, fíjese usted bien, y después esa labia que gasta, mi Angel dice que parece un predicador en los oficios, pero qué más quisiera él, que se deje de hacer el primo detrás de los señoritos en busca de una tienta y que aprenda a leer y a escribir y a hablar como Dios manda, como el señorito Marcos, sin ir más lejos: hay que ver lo que el señorito Marcos ha hecho en nada de tiempo, señorita, que empezó con cuatro chismes del año de maricastaña y ahora se está haciendo un chalé de sueño, una preciosidad, con piscina y todo, oiga, la mujer es una del Barrio Alto, ordinaria como ella sola, guapetona sí que es, con algo que tuvo que encandilar a esa prenda de hombre, y poco que presume la gachí—, porque la criada es el mejor cómplice que el anticuario ha encontrado aquí dentro y procura explotar con ella todo su atractivo. Y Amalia se ve obligada a abandonar el balcón, y sólo entonces acierta a preguntar por su hijo y Julia, descarada, le informa de que Borja se encuentra en la capilla, poniendo adelfas, jaramagos y retamas en el altar deshabitado. El mar, gris e inhóspito, parece ya un espejo hecho añicos y agigantado imprevisiblemente, y comienzan a oírse los chirriantes murmullos de la tierra entregada, consentidora, casi obscena, y se hace más drástico el aroma de la playa desnuda, un olor espeso, arisco, como el aliento de una boca enferma pero agresiva, acuciante y ávida. Acaso esta noche llegue a consumarse el beso sucio, pegajoso, amenazador que lleva años gravitando sobre La Jara, esta zona residencial que algunas familias de la ciudad aún se empeñan en considerar elitista. Hay como un cerco plebeyo, lascivo, cada vez más riguroso, en torno a tantas viejas fincas, a tantos terrenos suntuosos que poco a poco, dolorosamente, comienzan a trocearse en parcelas funcionales y accesibles a cualquiera que logre hacer un poco de dinero rápido e impaciente —tía Laura ha encontrado por fin una buena excusa para no venir, ni siquiera de visita, confiesa Amalia, dice que resulta muy desagradable tener todo el santo día, en tus mismas narices,

12

una espantosa colección de barriobajeros que, encima, te miran como si les debieras algo y hasta se permiten presumir de su cochecito y de su televisor portátil, a ver si aprenden a lavarse bien y se dejan de prentensiones—, y en eso precisamente ha encontrado Amalia un cierto consuelo, tan falso como tenaz. La finca se respeta, suele decir Cigala, el manicura, pero lo que la pobre no sabe es que en esa casa, tan preciosa, van a entrar putillas hasta por la chimenea. Pero el señorito Marcos, como dice Julia, no habla nunca del comprador —al menos con ella, con Amalia—, evita nombres y apellidos concretos con admirable habilidad, los esconde tras una verborrea concienzuda y plácida y, sobre todo, se dedica al regateo con un estusiasmo que, si Amalia fuese menos altiva y disfrutara de un mínimo desahogo económico, permitiría a la dueña de Montecarmelo adivinar que ese hombre atildado y sinuoso que parlotea frente a ella no está sino planeando un negocio espectacular y despiadado. Por supuesto que lleva comisión, informa Cigala de casa en casa, siempre entre manos de mujer, siempre dicharachero e ingenioso, con su voz imprecisa y sus continuas exclamaciones, sus continuas malicias, afeminadas y penetrantes. A Amalia procura distraerla —un dineral, señorita Amalia, ese hombre piensa gastarse un dineral en la

13

boda de la nieta, y oiga, digo yo, a ver si hace lo mismo cuando se le casen las hijas de la otra, porque eso sí, cuidarlas las cuida, y a mí me parece que bien, pero lo que es un lujo, quiero decir un extraordinario y un por demás un poco aparente, no se les ve a las pobres por ningún sitio; a la mayor, una sólo le envidia ese novio futbolista que se ha pescado, que por donde pasa va fundiendo el alumbrado público la criaturita, una exageración—, todos los chismes de la ciudad en la lengua experta del manicura adquieren matices insospechados, fascinantes, malévolos y, por supuesto, divertidos, y Amalia, en ocasiones, trata de adivinar su propia historia en boca del mariquita dulce y alborotador, siempre en vespa de un lado para otro, sus grandes gafas de sol de cristales azules, sin tiempo para nada, qué horror, no sé por qué tiene una que darse tanto trajín cuando con la mitad se puede vivir divinamente, una cigala primorosamente bordada en las camisas, en los polos, en las rebequitas de hilo o angorina, según la estación, y los ojos astutos, la sonrisa maliciosa, los reflejos finísimos e incansables: si yo le contara, señorita Amalia, si esta lengua soltara sobre la de entendidos que conoce, los clandestinos, los casados, los que no lo parecen, y los que lo parecen y porque se apañaron un casorio ya se piensa que la gente no ve ni escucha ni se imagina cosas, y si a cada uno le pusieran una bombilla en el culo, bien enroscadita en el ojete, y usted me perdone, esto iba a parecer la feria de Sevilla —y Amalia ríe suavemente y puede incluso que aparente escandalizarse, sobre todo cuando Cigala le explica con mucho adorno y detenimiento el significado oculto, sectario y amable del verbo entender (cuando una quiere ser fina y cariñosa dice de alguien ése entiende, en lugar de decir ése es maricón perdido), y Amalia sospecha el amplio repertorio de anécdotas y despropósitos que el manicura tiene que sacar de cuanto está ocurriendo en la finca, y siempre le resulta inútil el intentar ahuyentar la turbación que siente cada vez que Antonio, su hermano, y Cigala se saludan, y le acongoja el desasosiego de Antonio y la malévola insistencia del manicura, que se quiebra de golpe en cuanto Esteban, el muchacho rubio y burlón que esta vez ha venido acompañando a Antonio, se une a ellos y suelta media docena de impertinencias—, que no está el horno para reírse de nadie, señorita. Sólo el mar parece una burla eterna, como un resentimiento. Ahí enfrente desemboca el río y parpadean las luces verdes de las boyas, y una draga enclada durante meses en la misma desembocadura parece haber herido el mar de forma irremediable, de modo que las aguas no han vuelto a ser perfectamente azu-

15

les desde hace mucho tiempo, incluso en los días de levante más encabritado el mar tiene como un polvo mate, turbio, pegado a la superficie, y cuando la marea, con el reflujo, se vuelve remota y compacta la grisácea expresión de las aguas sigue desparramada por la bajamar, adherida a los pequeños, innumerables montículos de arena oscura en los que el mar no puede hallar reposo. Pero el mar puede crecer violentamente y golpear durante horas las murallas de contención de Montecarmelo, inundar la terraza, entrar incluso en las habitaciones en cualquier descuido de Julia, que siempre se queja de lo mal que cierran las ventanas, o acaso por alguna ridícula imprudencia de don Luis —señorita, qué susto, ha dicho que quería que entrase el mar a ver si se lo llevaba todo de una puñetera vez y ese fantoche no se enriquecía a costa de él y de la señorita, qué susto—, cuando sale a la terraza, de pronto, dispuesto a desafiar al oleaje, con un antiguo bañador que nadie sabe de dónde puede haber sacado, y se acerca al pretil de la terraza, y se queda muy serio con la vista perdida sobre la línea del horizonte, ahora soliviantado; don Luis sólo acepta órdenes de Antonio, y eso es algo que todo el mundo ha podido comprobar en estos días, cuando obedece con casi perfecta docilidad las indicaciones, normalmente llenas de paciencia,

16

de su hijo menor, e incluso ha consentido en habituarse a un brebaje sin alcohol que Antonio creyó prudente recomendarle para que olvidase el vino —la estricta, legendaria manzanilla familiar Cortijera— que tan furiosamente le atormentaba: pero yo me iré pronto, dice Antonio, en realidad sólo he venido para darte mi consentimiento, todo lo que tú hagas estará bien, le ha dicho a Amalia, no pienses que voy a pedirte explicaciones o responsabilidades, de forma que Amalia lo supo muy bien desde el principio, acostumbrada a fin de cuentas a no forjarse ilusiones con facilidad, Antonio había llegado sólo por unos días, con un amigo, y aprovechaba para descansar un poco, pero no tardaría en marcharse y su padre iba a quedar de nuevo en sus manos, a su cuidado, sin auxilio alguno, impertinente y suspicaz, crispado y violento. Julia el día menos pensado da la espantada, dice que por culpa de don Luis a ella acabará dándole una compulsión, y se empeña además, con su sempiterna manía de hacer de todo un folletín, en que Lola Porcel la odia, aunque ya no le queden fuerzas para demostrarlo, pero eso no tiene que ver, basta con mirarla, ay señorita, esa mujer cualquier noche me hace algo, ¿de verdad que no nota usted la ojeriza que me tiene?, y Amalia preferiría no andarse con contemplaciones y llamarla estúpida

por cavilar esas cosas, pero también ella palpa
un confuso peligro y permite, como si así ella
misma se protegiera, que Julia se desahogue con
su ofensiva vivacidad: ese fantoche es el señorito
Marcos, ¿verdad?, ay qué gracia. Amalia, ahora,
debe entrevistarse con el anticuario una vez más,
ojalá sea la última, murmura, mientras se enca-
mina al salón ya casi devastado, y Marcos se
inclina levemente para saludarla, una boca ardiente, una delicadeza excesiva, impropia, no me
expulse, por el amor de Dios, bromea, y Amalia trata de disimular lo mejor posible el hondo desagrado que le provoca la presencia del
anticuario, su conversación, esa endiablada habilidad para obligarla a reconocer razones, con-
veniencias e inconvenientes que luego, como
un zarpazo, deslumbrante, utilizará contra ella,
haciendo siempre gala de un tacto exquisito,
desde luego, porque zalamero sí que es, como
Julia dice: ¿dónde habrá aprendido ese figurín
tantos modales, si hace un par de años andaba
por ahí con un mono lleno de grasa y comiendo
teleras de a cuarto con manteca a dos carrillos?
Alguien tan sabio y tan impío como para ser
capaz de cambiar de ese modo ni se compade-
ce ni se deja sorprender con facilidad y Amalia, por tanto, procura hablarle con algo más
que corrección, con una cierta afabilidad, sin
saber exactamente qué palabras o qué actitud

18

podrían defenderla mejor, cuando es cierto que nunca logra soportar estas entrevistas hasta que se consuman por su propio peso, hasta que se resuelvan con la naturalidad que emana, saludable y pacífica, de quienes ya no tienen nada que decirse, nada que añadir, sino que las interrumpe bruscamente cuando se siente acorralada, a lo mejor en momentos que para cualquier observador resultarían perfectamente veniales, inofensivos, pero que para ella alcanzan, de repente, una ferocidad inusitada, acaso porque esos huecos en apariencia apacibles que se abren en la conversación son los que permiten a Amalia tomar conciencia de la humillación a la que se encuentra sometida. No vengo a convencerla de nada, no se preocupe; y en seguida se interesa por la salud de don Luis, y vuelve a esquivar hábilmente cualquier pista que pueda llevar a Amalia a sospechar la verdadera identidad de los compradores, y Amalia no ofrece a esto último la menor resistencia ni trata de desafiar al anticuario, a fin de cuentas es como si todo resultara un poco más limpio. El único conflicto pendiente es la Natividad, un cuadro hermosísimo, pero demasiado grande para donde usted lo quiere poner, señora, yo puedo pagárselo muy bien y usted luego, si confía en mí, podrá comprarme, a precio de amigos, algo un poco más a tono; ya no es sólo el negocio, lo jura, es simplemente por el bien de Amalia y, desde luego, por razones estéticas, algo sumamente importante en cualquier hogar, usted lo sabe muy bien, es una mujer sensible y creo que puede comprenderme. Pero Amalia se resiste, y sabe muy bien que no es precisamente razonable su postura, pero esto es algo que Marcos aún no le ha dicho, es un tipo astuto, hará cualquier cosa excepto menospreciarla, y Amalia se propone resistir todo cuanto sea posible, e intenta, mientras habla con él, ignorar el asedio al que se encuentra sometida, darlo por clausurado, como si así pudiera también convencerse de que resulta inoperante, y por eso su actitud, la expresión de sus ojos, el tono de su voz, la elección de las palabras y una cierta dejadez corporal se vuelven enigmáticos y resbaladizos, escurridizos, dice Marcos, simpático, como si la admirase, tengo la impresión, señora, de que quiere a toda costa escabullirse de mí, y daba a entender con un guiño que aceptaba el reto y llevar hasta el final aquella especie de juego parsimonioso y elegante. Porque cada vez que el anticuario acude a Montecarmelo jamás encuentra, a pesar de todo, excusas por parte de la dueña de la casa y ni siquiera una contestación áspera o arrogante. Amalia accede, una vez más, al enfrentamiento con alarmante docilidad, y se deja envolver, acaso ganada por un placer os-

curo y demasiado frágil, por la cálida verborrea
de su interlocutor, por la vivaz estrategia del
hombre que, a fin de cuentas, ha ido despoján-
dola de cuantas pertenencias de valor conservaba y, en última instancia, de la propia finca, de
esta casa aparatosa y aislada en la que han vivi-
do de forma permanente durante los últimos
nueve años. Borja no nació aquí. Cuando Amalia se trasladó de modo definitivo a Montecarmelo lo hizo en la más profunda soledad, pese
a las fatigosas exigencias de un Borja recién na-
cido, pese a los continuos y estremecedores desvaríos de su padre y a la pasividad pegajosa, om-
nipresente, angustiosa de Lola Porcel, con quien
se hubiera cometido una imperdonable crueldad
abandonándola en el asilo después de servir en
la casa durante sesenta años —la fiesta resultó
deslucida pero ella se conmovió mucho, la
pobre vieja lloraba con auténtica fruición después de que el gobernador civil le prendiese la
condecoración en la pechera del viejo unifor-
me que ella se había empeñado en rescatar para
la ceremonia—, después de cuidar a la familia
durante tantos años sin demasiadas exigencias.
Para Borja, Lola Porcel no era más que una
sombra que parecía flotar día y noche por los
pasillos de la casa, y ahora puede que ni siquiera eso pues el niño ha encontrado cobijos sorprendentes y embriagadores que Amalia no ha

21

tenido valor para arrebatarle: sin embargo, dice Antonio, creo que está haciéndose mucho daño, demuestra un desparpajo sorprendente en todo lo que se refiera a ensueños y fantasías, algo asombrosamente parecido al impudor, y, por el contrario, una torpeza conmovedora aunque peligrosa en los comportamientos y disciplinas más convencionales. Cuando Amalia se estableció en la casa y optó por unos cuantos muebles, los más accesibles, relegando otros al papel de simples comparsas en una obra y un escenario donde la soledad se iba agigantando, endureciendo, como un sexo viril desmesurado e insaciable, a golpes rotundos y demasiado evidentes, el mar aún parecía maleable y Borja todavía actuaba como por cuenta ajena, como poseído por los espíritus de la fatalidad, fascinado a veces por las extravagancias del abuelo o, por el contrario, impúdicamente ajeno al sufrimiento de don Luis cuando éste se hallaba sumido en sus largos periodos de atormentada depresión. Pero el mar parece haber ido pudriéndose poco a poco y detenerse, al fin, en un estado de corrupción que no quiere ser definitivo, como si madurase un largo y concienzudo resentimiento y no quisiera marcarse un plazo preciso, porque la agonía es el estado más corrosivo y la más penetrante tortura y, a fin de cuentas, ella, Amalia, se empeña a menudo en esa furiosa contemplación del mar en la que compromete todo su cuerpo, como en una exaltada y barroca fantasía sexual a la que el tiempo y una perenne ansiedad por deseos sin cumplir hubieran ido secando hasta dejarla convertida en una parodia de sí misma, donde lo grotesco y lo patético conviven rencorosamente; y es entonces cuando Amalia, frente a ese mar que todo lo corrompe, se entrega a su propia desdicha con un vigor casi adolescente, y toda ella tiembla como al sentir la primera vez sobre su vientre la mano un poco sudorosa pero a todas luces experta de Rafael Murillo, en aquella cama suntuosa y crujiente de un hotel de Sevilla —el eco cruel de sus primeras palabras, qué delgada estás, y la imagen de Mercedes, la aparatosa secretaria de Rafael, deformada por el despecho, el comentario sibilino que Cigala seguramente se encargó de propagar: Murillo se ha largado a su pueblo con la secretaria por una temporada, me parece a mí que ésa va a pasarle a máquina todo lo que necesite, y de modo competente, que experiencia no le falta a la chiquilla; siempre el eco, que resultaría melodramático si Amalia pudiera concebir una brizna de sentido del humor, qué delgada estás—, y por un instante (alucinado, descoyuntado, repetido) cree reconocerse en las facciones de ese mar anguloso y acorralado que se extiende, acechante, frente a ella, que se dilata con una solemnidad morbosa o se repliega como si la propia Amalia lo azotase y él, el turbio y cauteloso mar, fuera cosechando agravios hasta la hora de la venganza, hasta el día cada vez más próximo, de la más absoluta claudicación. Borja puede estar espiando tras la puerta. Pero ella procura no mirar hacia allí, sencillamente para evitar que Marcos entre también en el secreto que sólo ella y Julia conocen: ay señora, yo creí que al niño iba a darle algo de lo excitado que estaba. No conviene que Antonio lo sepa. Y su padre, puede que por fortuna, se encuentra demasiado ocupado con esa tórtola herida que se ha empeñado en domesticar. De modo que están ella y el anticuario frente a frente y en el salón ya empieza a corromperse el aire de la jornada, y Amalia trata de rehuir la contemplación de la cuidadosa pintura de la Natividad que se resiste a vender, sin motivo convincente alguno, sólo por la oscura satisfacción, difícil de explicar e imposible de compartir, de no haber renunciado a algo, por pequeño y poco significativo que pueda parecer. Marcos, sin embargo, sabe desentenderse con una naturalidad admirable de su presa, como sólo pueden hacerlo los cazadores mejor dotados, o aquellos que comercian con artículos finos —personas, sentimientos, desdichas—, da la impresión de conservar

24

un interés realmente somero por el cuadro, un interés sólo altruista y, por consiguiente, exangüe, y mueve las manos con estudiada dejadez como si hubiera confiado a ellas la misión más sensible, embaucar la mirada de Amalia y distraerla de sus propósitos, por lo demás harto confusos, con perfecta delicadeza, arrancarla de esa obsesión que obstaculiza la redondez casi lasciva de la operación de compraventa. Amalia nunca ha preguntado a quién representa el anticuario y también ella merodea por cuestiones ambiguas, evita plantear de lleno una cuestión que adivina sonrojante, y mantiene las rodillas juntas y la espalda distanciada del respaldo de la butaca y se sorprende de pronto ofreciendo al visitante una taza de café, es la hora de la merienda, lo anuncia con naturalidad, sin la menor intención de deshacerse del anticuario, más bien desafiándole a una larga confrontación que pudiera no acabar nunca, al menos para ella, enfrascada ahora en una insolente pasividad, analizando con abierta perplejidad las tretas del anticuario, encerrada en un mutismo casi absoluto, obligada de nuevo a una estéril contemplación y enfrentada a este hombre que se mueve dentro de sí mismo con aterradora perspicacia, señal de que maneja premisas elementales, primarias, despiadadamente concretas; no como ella, Amalia, que persigue espejismos confusos, que confía en no reconocerse vencida mientras no se reconozca hostigada, y que ni siquiera consiente en volver la cabeza para no alarmar a Marcos, para mantenerlo aislado y, en definitiva, prisionero, encadenado a su propio objetivo, encadenado a este esfuerzo sostenido por relajarse, por abrir un vacío acogedor e inviolable como tierra movediza, por apresarla con el mejor y más considerado de sus recursos: el encanto de un hombre que avasalla mediante un buen gusto capaz de camuflar la más diáfana, sórdida y justa de las ambiciones. A esta hora apenas se oye el mar —tan quieto, tan impenetrable— y Julia, experta, sin necesidad de que nadie le avise, entra en el salón y pregunta con suavidad, en un tono de voz que sólo es capaz de utilizar cuando se encuentra turbada, si puede servir el café allí mismo.

Nadie precisa saber la hora exacta en este instante. La luz empieza a envejecer y se va tornando ocre, va descomponiéndose con extrema precisión día tras día, a lo largo de todas estas tardes, hasta encallar en una opaca quietud, en una suerte de ensimismamiento que se diría suicida. Pero Amalia apenas se conmueve, e incluso ella parece diluirse en la cadencia del día, si bien su piel adquiere una sombría palidez que la convierte en algo más compacto, casi petrificado, de forma que si el anticuario atendiese un poco menos a la conjura que planea y fuera capaz de observar a la mujer que le escucha con una sumisión a todas luces descorazonadora, acaso obtuviera datos sumamente útiles y definitivos para consumar la toma de esta fortaleza, algo amorfa y puede que por eso más duradera, que viene sitiando desde hace meses. Pero Marcos empieza ya a estar demasiado enredado en su propia conspiración, y eso incluye una contemplación somera y afectuosa de cuanto le rodea, también de Amalia, y permite que vaya sintiéndose cuidadosamente confortable, en la creencia de que esta pasividad a la que ella se entrega desde el primer momento de la entrevista, de todas las conversaciones que han mantenido desde que él aceptó actuar como intermediario (para en seguida descubrir que allí había posibilidades de obtener bonitos beneficios), esta cálida sumisión que no es, en el fondo, sino despecho atemorizado, pero firme, duradero, acabarán por hacerla complaciente, cómplice, y se rendirá al fin con la dejadez de una novicia narcotizada. Marcos es un tipo dueño de sus emociones y, por consiguiente, ni siquiera cabe esperar de él algún desliz que le saque de su error. Su conversación es tibia y flexible, merodea por asuntos que a Amalia le gustaría, de cualquier forma, evitar, pero a los que consiente acercarse mientras pueda considerarlos una muralla frente a las intenciones últimas y en todo momento presentes del anticuario. Mi padre, dice Amalia, estará en los eucaliptos. El anticuario demuestra un elegante interés por las vicisitudes de esa enfermedad que, sin proponérselo, se ha visto en la obligación de utilizar a veces; en ocasiones ha intentado poner de su parte a don Luis —tiene una risa metálica y siempre un poco desorbitada, pero en modo alguno escandalosa, una risa que parece nacerle de algún escondrijo de su estómago, de algún recoveco de su alma que ni él mismo conoce o que, probablemente, no quiere reconocer, ni siquiera en las temporadas de mayor lucidez y respetabilidad, cuando consiente en dar breves paseos por la playa y toma las medicinas sin tretas de ninguna clase y ve en las personas lo que realmente son: Marcos, en definitiva, sólo un muchacho espabilado y eficaz que sabe exprimir con verdadero encanto a los americanos de la base de Rota, si bien para ello necesite previamente engañar (con igual encanto y eficacia) a no pocas familias en vergonzante decadencia, apellidos más o menos ilustres de toda la provincia, gente que, después de todo, necesita que la engañen para poder sobrevivir—, y no ha tenido más remedio que soportar sus asedios exaltados y provocativos o, por el contrario, el reproche, de veras inquietante, de su mirada pálida y casi inmóvil, su tristeza acusadora, esa melancolía que emana incluso de sus movimientos más convencionales, del simple rito de comer frente a alguien o saludar a cualquier conocido que, por casualidad, pase frente a Montecarmelo —porque ya no hay nadie, dice, que venga a visitarnos, ni siquiera mi hermana Laura, y entonces Amalia protesta, tía Laura chochea y dice las mayores inconveniencias sin pensarlas, crueles despropósitos del tipo si mi hermano está loco que lo encierren, no sé por qué hay que andarse con tantas contemplaciones—, y entonces él ve intenciones malignas en cualquier cosa que todo el mundo haga, y comienza, sobre todo en esta época, cuando el clima ya empieza a vacilar y el viento de levante comienza a hacerse brusco y devastador en su sequedad, una remota y confusa persecución de la que jamás podrá librarse, por mucho que breves treguas apacibles y cada vez más distanciadas hayan permitido suponer que sus desvaríos pueden tener algún día solución. Marcos se interesa ahora fugazmente por la última extravagancia de don Luis y permite, por considerarlo inofensivo, que Amalia se extienda en una detallada explicación de los acontecimientos mientras mueve sus manos con una lentitud que cualquier otro interlocutor consideraría exasperante, pero que al anticuario le sirve de pauta para controlar la posición de cada uno de ellos en cada momento del diálogo. Amalia mueve ahora las manos con una abulia que, de hecho, resulta difícil precisar si se refiere a la conversación con el anticuario o, más exactamente, a los hechos concretos que en estos instantes relata —este año las tórtolas vienen temprano, se ve que tendremos una primavera espléndida; don Luis encontró una tórtola herida, le entablilló el ala, la ha cuidado con un mimo de veras admirable y ahora pretende que el bicho le obedezca con la precisión de un mono: por supuesto, musita Amalia, no hay nada de malo en ello, y mientras le dure se olvidará de otras manías mucho más peligrosas—, si obedece a su propio despego por un drama que quiere suponer que ha dejado de interesarle o, al menos, de producirle aquel tormento de los primeros años, cuando pasaba noches enteras en vela, atenta a lo que su padre hacía, no fuera a cometer alguna locura, sin comprender que con su actitud no hacía sino excitar aún más a don Luis, quien no lograba conciliar el sueño y perseguía por toda la casa, a oscuras, pequeños desafíos en los que poder volcar su desasosiego —aceite para las bisagras de una puerta que llora, la limpieza inútil y tortuosa del desván, largas y humillantes sesiones frente al espejo, empeñado en entrar en ropa desechada por Antonio, esos pantalones ceñidos hasta la estrangulación que Antonio no tenía reparo alguno en enfundarse frente a cualquiera—, mientras ella alimentaba un terror oscuro y sombrías premoniciones, tratando de ahuyentar la imagen de Borja, el peculiar comportamiento de su hijo (pronto cumplirá diez años), sin amigos de ninguna clase desde que pudo valerse por sí solo, encerrándose durante horas en la capilla que desde hace años, desde mucho antes de que Amalia se trasladase a Montecarmelo definitivamente, está fuera de culto, pero que al parecer conserva una escurridiza fascinación que, de momento, sólo Borja parece haber aceptado, tan fiel a la cerrada soledad de este habitáculo tan húmedo y doliente, dueño de una sonoridad casi maligna, pues tu propia voz, dice Antonio, parece descomponerse en el mismo instante en que se escapa y se convierte en una caricatura no sólo de lo que dices, sino de todo cuanto representas allí dentro, un intruso con nula capacidad para la profanación; sólo la voz de Borja suena compacta y precisa, como empeñada en demostrar que se halla en el lugar que le corresponde, un recinto sagrado que no tiene por qué dejar de serlo por el simple hecho de que las autoridades eclesiásticas le hayan retirado el culto, un recinto cuya espesa espiritualidad puede subsistir, sobrevivir a cualquier agravio, y Antonio advierte que el comportamiento de Borja puede ser peligroso, porque de hecho es capaz de pasarse horas enteras encerrado en la antigua capilla, colocando flores silvestres en el altar desmantelado, musitando oraciones cuya rara sensualidad las convierte en sacrílegas e intentando, sin duda, furiosos encuentros consigo mismo, porque a fin de cuentas, dice Antonio, se acerca a la edad de masturbarse y puede que se entregue al deslumbrante consuelo solitario con un fervor que la mayoría de los niños desconocen, y a Antonio, por supuesto no le parece mal, sino más bien todo lo contrario, y su amigo ríe y Amalia palidece por culpa de esas palabras que ojalá no hubiese oído nunca y que le rondan, desde entonces, virulentas, halagadoras, fascinantes, pese a todas sus protestas de aquella primera vez: no digas estupideces, Antonio, mi hijo empieza a preocuparme y estoy pensando en cerrar la capilla de una vez por todas. ¿Era allí donde estaba el cuadro de la Natividad?, pregunta Marcos suavemente, y Amalia se limita a sonreír y resulta imposible sorprender en ella el menor síntoma de sobresalto, de forma que el anticuario parece desconcertado e incluso a punto de perder ese control que tan afanosamente ha estado preservando desde que comprendió, semanas atrás, apenas pronunciadas por cada uno de ellos las primeras frases en torno a su propuesta, que todo volvería a ser como siempre, distante e incluso, pero tal vez un poco menos hermético. No tenía prisa. Tampoco ahora debe preocuparse y prefiere recuperar cuanto antes el estado de apacible desgana que está convencido que conviene a sus intereses; Amalia permanece con los ojos ausentes, extraviados, y su piel, ya casi lívida, no revelará en modo alguno cualquier clase de debilidad que permita al anticuario ganar terreno si es capaz de comportarse con galantería sin dejar de ser implacable. Y Amalia, sin embargo, se siente fatigada. Pese a la pasividad con la que trata de sostener hasta cuando sea necesario esta conversación, hay una alarma despierta, crispada, en algún rincón de su sensibilidad, y acaso ello le obligue a realizar un esfuerzo (aunque sólo sea por evitar que él lo note) que puede, en definitiva, traicionarla. Por eso opta por mantener el diálogo en torno a su hijo, o al bueno de don Luis, como Marcos dice, por mucho que ello la pueda desasosegar: claro que está sometido a vigilancia médica, protesta suavemente Amalia, pero estas cosas son imposibles de prever y es sencillísimo cometer un error con consecuencias desastrosas —no venga a decirme que es una enfermedad de moda, por Dios, Amalia, eso sólo puede permitírselo a Cigala, y porque con el manicura se distrae, porque todo en boca de Cigala resulta guiñolesco y suave, incluso los mayores disparates e inconveniencias, todo permanece varado en la categoría del simple chiste, y además Cigala es el primero en burlarse de sí mismo, y así puede afirmar, en absoluto cohibido, hay que ver señorita, desde mañana empiezo a ir al siquiatra, me han dicho que es un sol, guapísimo, me lo ha recomendado una maricona que está con crisis de nervios desde que

34

se le arrugaron sus partes, a mí no es que me haya pasado eso, mire usted, pero una ya está entrando en la edad difícil y no es cosa de descuidarse; y en estos momentos Cigala es además particularmente cariñoso con don Luis, destilan todas sus palabras una especial ternura que Amalia agradece como el manicura nunca llegará a sospechar, porque ella no puede rebajarse a decírselo, pero desea con todas sus fuerzas que la vespa permanezca todo el tiempo posible aparcada junto a la terraza, mientras su padre escucha al locuaz sarasa con una serenidad que difícilmente podrá conseguir ningún otro—, por más que ella haga conmovedores esfuerzos para acercarse a su padre y descubrir de antemano aquello que al cabo de unas horas le preocupará hasta la desesperación, y se niega a admitir que todo lo de su padre sea imprevisible, y alguna vez lo ha discutido con Antonio, un Antonio a veces sarcástico y a quien hablar de la infelicidad siempre le parecerá malsano. Esteban, el amigo de Antonio, el muchacho rubio y burlón que esta vez ha venido acompañándole, es sosegado y un punto cínico, con esa displicente sonrisa que le asoma siempre por las comisuras de los labios, pero sabe escuchar y tiene la virtud de reducirlo todo (y especialmente lo que puede parecer más dramático) a términos cotidianos, nada apocalípticos. Esteban ha dicho, más de una vez, tu padre, Antonio, es un hombre dichoso en los momentos en los que más difícil resulta convivir con él, por lo que deberíais, todos en esta casa, mimarle durante esas horas en las que parece (y de hecho, repito, lo es) un hombre feliz, y Esteban es capaz de soportar sin parpadear y sin cambiar de expresión todos los reproches que asoman a los ojos de Amalia después de escuchar eso, incluso sus palabras lentas y resentidas, cómo se ve que no eres tú quien tiene que soportarlo. Efectivamente. Antonio y Esteban se irán en cualquier momento, y don Luis quedará otra vez al cuidado exclusivo de Amalia, y Borja volverá a quedar desamparado, mas él será el único en alegrarse de ello, pequeño y suntuoso Borja, entregado las veinticuatro horas del día a oscuras revelaciones que se esmera en enriquecer con el único propósito de que no concluyan. Tiene pesadillas. Es una frase repetida infinidad de veces, casi todos los que viven en Montecarmelo lo han dicho alguna vez durante los últimos días. Ahora, Amalia acaba de decirlo, y ella misma ofrece el aspecto de una mujer que llevase días en vela, tratando de escapar de algún sueño incongruente y amenazador. Tiene pesadillas —Amalia, en ocasiones a los pocos segundos de conciliar el sueño, cuando aún andan por los corredores los últimos pasos de vigilia

36

de algunos de los habitantes de la casa, comienza a quejarse hasta gritar, y Julia suele asomarse riendo a su dormitorio y llamarla, señora, ya está usted de folklore, qué barbaridad, y Esteban, la primera vez, pareció muy impresionado por aquellos lamentos que no habían tenido tiempo material para formarse durante el sueño, por lo que cabía deducir que respondían a un estado perpetuo de excitación relativamente suspendido en las horas diurnas, y Antonio dijo tristemente me parece recordar que eso mismo le pasaba a mi madre—, debe de estar muy asustada. Eso dice también Julia cuando consiente en compadecerse de la vieja Lola Porcel, que se pasa las noches susurrando gemidos, menos mal que una tiene el sueño duro y apenas se entera, presume la muchacha, y además con lo de la señora no hay ni comparación, a eso sí que no ha podido acostumbrarse, en cuanto oye los gritos da un respingo en la cama y le entra un sofoco grandísimo, de verdad, créeme, y su Angel se ríe y aprovecha para investigarle el ritmo del corazón. Lo de Lola Porcel se ve que es la chochera, dice Julia; es un murmullo turbio y lleno de saliva, un murmullo torpe, incomprensible, porque Lola Porcel no se preocupa de que las palabras tomen en sus labios las formas convencionales, simplemente las inicia y en seguida se apresura a sustituirlas por otras nuevas, antes de que maduren, antes de que se pudran, en un instante, como frutas de un solo momento, la pulpa jugosa pero brevísima, y así anda Lola Porcel por los pasillos de Montecarmelo sin que la dejen asomarse al mar —una vez, recién llegados, estuvo largo rato en la terraza, los graznidos de las gaviotas tan cercanos que parecían los de aves desterradas que sobrevolaban con una solemnidad obsesiva los tejados del caserón en busca de refugio, y cuando fueron a recogerla tenía la piel amoratada y los ojos cerrados furiosamente, temblaba de la cabeza a los pies y musitaba palabras crueles y rencorosas, recordando viejos agravios, sobre todo los inferidos por la madre de don Luis, que se ofendía de manera irrazonable con cada deferencia del viejo coronel hacia la criada y nadie pudo comprender nunca por qué Lola Porcel se empeñó en resistir durante tanto tiempo, pero, por supuesto, a nadie pudo engañar aquella expresión altiva, desafiante, triunfadora de la criada durante los funerales de su ama, muerta de tuberculosis el mismo día en que cumplió cincuenta y dos años: extraña edad para morir de ese mal que todos consideran exacerbadamente romántico—, y ella no ha tardado en aceptar con terca resignación esta reclusión en los corredores de la casa, y Julia asegura que muchas veces la sorprende hablando con el viejo coronel (muerto quince años atrás) en un tono que no tiene nada de respetuoso, lo que confirma los amores entre el señor y la criada loca y fiel, como Julia le dice a Angel cuando se ven, casi cada noche, en la casapuerta: una vez Lola Porcel los sorprendió cuchicheando de ese antiguo y amargo romance y no quiso decirles nada, con el puñetero genio que gasta la vieja, dijo Julia, pues ni pío, no dijo esta boca es mía, me puede usted creer señorito Antonio, y Esteban dijo me parece una historia hermosísima la de tu abuelo y Lola Porcel, me llevaría una enorme decepción si alguna vez se descubre que no hubo nada de eso. Borja aseguró, con una seriedad casi ofensiva en un niño de su edad, que Lola Porcel no hablaba nunca del abuelo Guillermo, que cuando hablaba a solas nunca lo hacía con él, aunque Julia se empeñase en jurar lo contrario. Tiene pesadillas; eso era todo. Y Amalia admira en silencio la malicia que Julia acaba de demostrar al servir el café en un juego de plata antigua que desde hace meses no se usa, pero que la criada ha rescatado sin haber recibido previamente de Amalia indicación alguna y con resultados espectaculares: la mirada del anticuario, que parecía tan soñolienta, se ha abierto como una exclamación imprevista, imposible de controlar, y Julia parece consciente de haberse excedido en su iniciativa, pues la bandeja ha temblado en sus manos un instante y ella, sin estar muy segura del modo en que debe hacerlo, trata de pedir disculpas con una mirada temblorosa que, a la larga, tiene más de provocación que de pesadumbre. Y Marcos procura no hablar demasiado pronto del juego de café de plata, aunque tampoco debe permitirse el menor descuido, pues en el estado en que Amalia se encuentra resulta muy arriesgado suponerle, en cuanto vuelva a replegarse en sí misma, ese grado de atención que exige el más leve de los consentimientos. Por tanto, tras una reposada alusión al aroma del café, el anticuario pase a glosar con delicadeza, con admirable discreción —ese perfecto movimiento de las manos con que va señalando, una por una, todas las piezas de plata, y la compostura de su expresión, tratando de improvisar un gesto que le permita aparentar inocencias— el espléndido tallado de los bordes y la exquisita filigrana de las asas, y se interesa, en un alarde de dominio de la situación, por la bandeja, que no forma parte del juego, cosa que él sin duda comprobó nada más verla, pero en la que ha querido entretenerse, acaso por un asomo de compasión que en modo alguno va a redimirle de nada. Sencillmente, porque Amalia ha decidido no escucharle y parece mucho más interesada en las alucinaciones que alimenta

40

día tras día sin sospechar siquiera que está actuando adecuadamente en su propia defensa. Tiene pesadillas, dijo Antonio, después de observar un buen rato el sueño lleno de sobresaltos de Borja, pero juraría que no está dispuesto a renunciar a ninguna de ellas; él y Esteban estudiaron despacio una de las redacciones literarias que Borja se vio obligado a hacer, en su condición de alumno provisional pero a la fuerza disciplinado de su tío, y descubrieron, alarmados, que el niño sentía verdadero terror de ser arrancado de Montecarmelo, e incluso creyeron entender, veladas, entre líneas, amenazas tan inconcretas como preocupantes. Decidieron no decirle nada a Amalia. A fin de cuentas, ella no había cumplido su promesa de clausurar para siempre la antigua capilla, y atormentarla con oscuras suposiciones sólo conseguiría sumirla en una conciencia de culpabilidad que anularía, sin duda, los pocos recursos de que dispone para hacer frente a una situación tan despiadada como insalvable. Pero Borja habla también en voz alta de noche —y tú, querido, no creas que estás a salvo, dice Esteban, y Antonio preferiría no oírlo delante de terceras personas, y no sólo porque con ello se pueda delatar el tipo de relación y el grado de intimidad que ambos mantienen, sino porque se resiste a incorporarse al sueño atormentado e inútil en que todos los suyos parecen hallarse hundidos—, aunque normalmente resulta imposible descifrar lo que dice, si bien en sus palabras se adivina una extraña serenidad, lo cual en definitiva no hace sino agravarlo todo. También eso puede comprenderlo Marcos. Preferiría tener que vérselas con los desvaríos, muchas veces incluso simpáticos, de don Luis —no quiere separarse de la tórtola, ay, hija, morisquetea Cigala, ese hombre siempre me pareció un poco degenerado, pero no tanto, si no fuera por lo decente que es, una diría que de noche hace cochinadas con el pajarraco; eso es lo que debe de ir predicando por ahí, por la ciudad entera, en cada cuarto de estar el manicura, quien, sin embargo, en presencia de mi padre, dice Amalia, parece verdaderamente conmovido, pobre, bastante desgracia tiene, y Esteban sonríe al oír la última frase y de buena gana iniciaría una discusión sobre lo que la gente entiende por desdichas sexuales, pero Antonio se lo impide, esa mirada suplicante que no escapa a ninguno de los presentes, ni siquiera a Lola Porcel, para quien Antonio, como Borja, son verdaderos intrusos, llegaron demasiado tarde y, además, torcidos, qué criaturas tan raras, hijo, dice Julia; de raros nada, niña, dice Angel, el que se pasa media vida detrás de los señoritos, por las tientas, en busca de una oportunidad: maricones—, aunque

42

puede que la negociación con don Luis resultara igual de difícil, y ahora seguro que anda entre los eucaliptos tratando de recuperar en la memoria los antiguos sucesos que pudieron producirle esta locura casi siempre venial pero eternamente amenazadora, en cualquier momento hace una barbaridad, por eso conviene internarlo en cuanto la manía persecutoria comience a resultar excesiva, puede hacer mucho daño —pero en sus épocas depresivas, cuando todo él parece sumergido en una gran congoja, casi palpable, como un espeso velo que lo cubriera íntegramente, sin costuras, y permanece inmóvil en el salón, ahí, en la butaca que ahora ocupa el anticuario (como si lo hubiera hecho premeditadamente, como si el acto de violación que se ha propuesto no estuviese dispuesto a respetar ni los rincones más íntimos, más dolientes), ella debe limitarse a hacerle compañía, o acaso debiera tomar una actitud mucho más franca y activa, pero entonces don Luis no se atreve a exigir nada, es un pobre viejo terriblemente enfermo y avergonzado, dice Cigala (de mano en mano), y Amalia se abandona a la inercia de acompañar a su padre, en silencio, durante horas, mientras la luz se descompone y se corrompe rozando el mar, penetrando en el mar, disolviéndose en unas aguas que lo engullen todo sin apenas reflejos, para desaparecer con ellas, en la marea baja, y quedar clavada y fría, la noche entera, entre las piedras donde los cangrejos escarban melancólicamente—, dice Amalia, qué amargura, y en el fondo trata de comprender, de disculpar la actitud de Antonio, su despego, porque en el fondo tal vez sólo esté defendiéndose de sí mismo, incluso parece haber perdido de pronto toda aquella agresividad con la que solía defender, en cualquier parte, ante cualquiera, sus gustos, sus costumbres, sus decisiones, es como si ahora permaneciera de pronto encadenado a sus propios temores, después de haber roto tantas ataduras, después de haber aceptado consciente y voluntariamente la marginación, pero este regreso (que, desde luego, emprendió por razones puramente sentimentales) le ha reconciliado con una dependencia a la que tal vez nunca quiso renunciar, y de ahí que no le importe humillarse a los eternos convencionalismos y haga muecas enternecedoras para impedir que Esteban llegue demasiado lejos, y se una, mediante el más desairado acto de contricción, al hondo y estremecedor desconcierto de los suyos: el perpetuo desequilibrio de su padre, el enfermizo arrebato que hace de su sobrino Borja un condenado a la desesperanza, y la extraña pasividad de Amalia, siempre al entero albedrío de quien quiera conversar con ella y, sin embargo, inabordable, incluso imprecisa, ahí, frente al joven anticuario, olvidada ya por completo del juego de café que en modo alguno podrán arrebatarle mientras no la sorprendan en un acto perfecto de desesperación. En tanto, todas sus palabras sonarán a hueco, resultarán inútiles, invencibles (incluso aquellas que desgranen los recuerdos más tristes) y toda ella será la imagen perfecta del desdén, encerrada en un diálogo hermético, y a la que sería imprescindible contemplar desde el otro lado de la ventana cerrada, inundados por el rumor del mar, para que, mediante la perspectiva, adquiriese alguna consistencia. No importa que no se oiga lo que dice.

No pienso intervenir en nada de lo que hagas, dijo Antonio, y en seguida se vio en la obligación de aclarar que, por supuesto, si necesitaba su ayuda le encontraría a su entera disposición para cuanto quisiera, pero que en modo alguno le reprocharía cualquier decisión que tomase, la consultara o no con él. Su presencia allí, sin embargo, resultaba tan previsible que Amalia acabó reconociendo que, a fin de cuentas, Antonio tenía no sólo derecho a controlar cualquier operación que afectase al futuro de Montecarmelo, sino a participar en ella con toda la severidad que considerase oportuna. Ni siquiera tuvo necesidad de comentarlo con él —no pienso venir a arrebatarte ahora algo que te has visto en la obligación de cuidar durante todos estos años, le dijo Antonio, una tarea difícil, la casa parecía podrida y, de hecho, muchas habitaciones hubieron de quedar inutilizadas, pero la parte posterior, aquella que no sufría el azote de los vientos, conservaba aún razonables condiciones de habitabilidad, de forma que consiguieron acomodarse allí y sólo utilizaban el frente de la casa para asomarse al mar y, en pocas ocasiones, huir de la estrecha vigilancia a la que poco a poco todos ellos fueron sometiéndose, creando así esa malla áspera y equívoca de atenciones y reproches que Esteban admiró desde el primer momento: es un gran amigo mío y venimos a descansar unos días, simplemente, dijo Antonio—, porque su hermano se negó incluso a ponerse al tanto de los detalles más elementales y, por fortuna para Amalia, ni siquiera preguntó quiénes eran los compradores. Marivá, no me diga que no se acuerda de Marivá, la de la canción, la de la venta que no tiene par, claro que sí, hay que ver qué copla más descarada aquélla, tan insinuante, y Cigala entona el cuplé y en cuanto pasa de la primera estrofa se olvida de la letra, perdone, señora, es que a una nunca le picó la curiosidad, compréndalo, que una fue siempre, desde chiquitita, por otra vereda, y se ríe, y deja que la señora se encuentre a gusto, ande, por Dios, relájese, ahora usted coge su dinerito y a disfrutarlo, a gastárselo todo, no consienta en privarse de caprichos, que nadie se lo va a agradecer y mortaja con bolsillos me parece a mí que ni siquiera se venden, el piso es monísimo, señora, y la mar de cómodo, porque esta casa es preciosa, pero un armatoste, la verdad —tiene los muros altos y poderosos y grandes balcones cubiertos de azulejos, montada sobre una muralla contra la que se estrella el mar cuando está crecido, y el pretil de la terraza hubo que reponerlo cuando se trasladaron aquí, el oleaje lo había destrozado a mordiscos, pero aún quedan los poyetes donde en otro tiempo Amalia y sus amigos se reunían en aquellas fiestas adolescentes que siempre terminaban con una Amalia triste y rencorosa, donde a veces don Luis permanece durante horas (ay, señorita, una tiene la impresión de que va a hacer algo malo, qué fatiga, dice Julia), y el piso de cemento ya no se llegó a reponer, resultaría demasiado caro, la terraza es enorme y Antonio recuerda que, de pequeño, en invierno, cuando el chalet permanecía deshabitado, venía a jugar al fútbol también a esta terraza, y si había pleamar y las aguas estaban quietas y parecían dóciles era como si jugasen al borde de un territorio prodigioso que a él a veces se le antojaba como un espejo de la eternidad; en aquel tiempo, Montecarmelo sólo se habitaba de mayo a septiembre, y durante todo el año aparecían corredores interesados en conocer el precio de la finca, en caso de que don Guillermo se decidiera a ponerla en venta, pero el viejo coronel se negaba a desprenderse de lo único que su esposa había dejado al morir, aparte de aquella hija, la madre de Amalia, que desapareció un domingo de finales de verano sin dejar rastro alguno, hasta que a los dos meses se recibió, dirigida a don Luis, una carta fechada en Bruselas dando cuenta de que ella, Carmen, nunca volvería con los suyos, se encontraba perfectamente, viviendo con un arquitecto alemán del que no daba otros informes, y sin la menor nostalgia ni de su tierra ni de su familia; Amalia tuvo, pues, que ocuparse de la educación de su hermano Antonio, que sólo tenía cinco años cuando su madre desapareció y a quien siempre dijeron que ella volvería pronto, cuando en realidad, pasando el tiempo, fue él quien hubo de ir a visitarla a Hamburgo, tras una larga investigación que estuvo a punto de fracasar y que al fin se resolvió favorablemente por pura casualidad: se conserva muy bien, dijo, y no parece triste en absoluto, y él y Amalia decidieron no decirle nada a su padre, después de todo sólo conseguirían avergonzarle y quizás continuase creyendo que Antonio no sabía aún toda la verdad—, y Cigala, por pura compasión, trata a veces de convencerla de que hace estupendamente vendiendo la finca, claro que me guardo muy bien de decirle todo lo que sé, pobre mujer, ya tiene que aguantar bastante, pero la que compra es la Marivá, lo sabe todo el mundo: mire usted, se casó con un jefazo de la base y yo creo que se lo ha cargado de tanto cuerno como le ha puesto al pobrecito, es que no hay cabeza que aguante tanto peso, por Dios, no hay frente tan dura, por yanqui que sea, por bien alimentada que esté y por mucho que los americanos hayan inventado el plexiglás, y se corrió la voz, cuando se supo que el cabestrón había palmado, de que la viuda había heredado un dineral y que pensaba volver a lo suyo, que en ese negocio no había quien le hiciera sombra y además era lo que de verdad le tiraba. Aquella venta en la carretera de El Puerto, las persianas siempre corridas, y cochazos americanos aparcados a todas horas en los alrededores, a veces salían gritos de las habitaciones y había que llamar a los guardias, pero Marivá tenía influencias y fama de disponer de las mejores hembras de la provincia. Le gustó Montecarmelo —ya sabe usted, las putas (y perdona) siempre son estrepitosas y esa casa viste mucho, dicen que piensa montar un restaurante, pero será para despistar, digo yo, la gachí aún se conserva la mar de llamativa; hará un papel espléndido en este salón del que parece imposible expulsar ya la penumbra, y seguramente se gastará lo que sea necesario para adecentar el resto de las habitaciones, piensa sin duda llenar la casa de alcobas y se hartará de tirar tabiques, correrá el garaje, los lavaderos e

50

incluso la antigua capilla para dedicarlos expresamente a comedor, parece que tiene dudas acerca del lugar más adecuado para la barra americana, debe ser un sitio estratégico y no sería extraño que, a este respecto, Marcos le hubiese recomendado la inmensa cocina donde Lola Porcel consume tantas horas en un estado de rencorosa postración que acaso acabe por envenenar la estancia para siempre—, no le asustó en absoluto el exceso de pretensiones del edificio, incluso puede que eso lo considere una ventaja para su negocio, han pasado los tiempos en que estas cosas había que hacerlas con la mayor discreción posible, de manera que un sitio así, bien organizado por Marivá, puede quedar hasta legendario. Rafael Murillo no va a reclamar nada. De hecho, ya sólo cabrían pleitos larguísimos y devastadores, la operación de compraventa no ha tropezado con impedimentos legales y de hecho sólo falta que unos desalojen definitivamente la casa y entreguen las llaves, y que los otros ocupen la finca, aunque de pronto parece que a los compradores se les ha olvidado toda urgencia y Amalia, por su parte, no tiene valor para tomar la iniciativa y abandonarlo todo hasta que no sea absolutamente necesario; puede, con todo, que sea una treta del anticuario, o algo más que eso, un pacto entre el intermediario y el comprador (seguro que la

Marivá le paga un corretaje, dice Cigala, un corretaje un poco raro naturalmente, porque lo suyo es que lo pague el que vende, pero no me parece a mí que por esa parte vaya a sacar una perra gorda), un plan perfectamente estudiado para que nada falle —ella es que no quiere enterarse, rumores claro que habrá oído y siempre hay quien hacen una obra de caridad y se cree en la obligación de ir al prójimo con las noticias desagradables, mejor que lo sepas por mí que por cualquier arpía, me han dicho que Marivá es quien compra esto, dijo Laura, pero Amalia le prohibió terminantemente continuar y aseguró que, de cualquier modo, no le interesaba en absoluto ni tenía la menor idea de quién podía ser aquella señora—, o simplemente, como dice Cigala cuando le da por ponerse ecuánime, una irreprochable operación comercial. Marcos puede haberle dicho a Marivá yo me encargo de todo y no vas a arrepentirte, pero tienes que darme tiempo para hacer mi negocio, ella quiere dejar la finca y por eso comprársela resulta fácil, pero no quiere desprenderse de muchos de los muebles y objetos que hay allí, algunos realmente decorativos, no es que sean maravillas, entiéndeme, pero son bonitos y puede sacárseles algún dinero, tampoco mucho, no creas —de forma que está dispuesto a permanecer ahí cuanto sea necesario, procu rando disimular lo mejor posible la impaciencia, procurando no acordarse de las quejas de Marivá, porque oye, rico, una tampoco va a estar esperando toda la vida, una no está dispuesta a aguantar hasta que a esa señora le salga del reverendísimo venderte cuatro cacharros que maldita la falta que te hacen, no me vengas con cuentos, chiquillo, que te conozco desde cuando tú sabes, y hay que ver lo divinamente que lo hiciste para ir de estreno, condenado, y Marivá se ríe como sólo es capaz de hacerlo una mujer decidida a no privarse de nada—, no pongas esa cara de agonía y no me líes, que yo no te debo nada, que yo debuté contra una tapia, cuando el servicio militar, en Jerez, carretera de Cortes, con una tonta de la barriada de La Asunción, que cobraba tres duros. Pero desde entonces ha corrido mucha agua bajo los puentes. Marcos, ahora, viste con un descuido elegante y, a nada que se lo proponga, consigue dar esa imagen bohemia y simpática que puede resultar tan atractiva, máxime en un negocio como éste, hay que ver lo que se aprende en nada de tiempo, señorita, dijo Cigala cuando el anticuario se fue y se quedaron ellos dos solos, Amalia y el manicura muy juntos, después de algunas horas de conversación que el de la lima y los esmaltes cortó de cuajo, la cara tan malísima que tenía, esa mujer debería irse de ahí y olvidarlo todo, da muchísima pena —que si una quisiera contar todo lo que sabe, al figurín ése se le iban a caer los palos del sombrajo, algo ya se sospecha, me parece a mí, que ya ve usted, señorita Amalia, cómo pone tierra por medio en cuanto me ve entrar, y es que debe de figurarse, porque no es tonto, que las de la cofradía estamos la mar de unidas contra el resto de la clientela (entre nosotras ya es otro cantar, que si hay que morder se muerde, no digo que no) y nos contamos nuestras cosas y este niño no es trigo limpio, que se lo pregunten si no a la Cartagenera, es sencillísimo encontrarla, basta con darse una vuelta, a cualquier hora de la tarde, por la vía del tren, en la hondonada de la Punta del Castillo, por las mañanas trabaja de marmota en el asilo del Palmar—, y es lo que yo le digo, que se está consumiendo a fuerza de disgustos, qué obsesión, usted póngase cómoda y hágame el favor de no pensar más en ese litri, lo que no sé es cómo le sigue recibiendo, a mí me parece, no sé, que en el fondo quiere venderlo todo, mandarlo todo a hacer puñetas, pero es que debe de gustarle el drama una barbaridad, y es que a todo se resigna una. Incluso al hecho de saber que es muy poco probable que él vuelva, y apenas ha dejado huellas de su paso por estas habitaciones, y no irá ella a convocar para nada esos recuerdos que siempre acabaron produciéndole un infinito asombro. Nadie podía imaginar una pareja más disparatada —Rafael Murillo era de Ayamonte y había montado una pequeña constructora, al principio había encontrado dificultades, pero apenas tuvo que perseverar para darse cuenta de que en ese negocio se movería dinero en los próximos años, más por la parte de Huelva que por este otro costado del río, como luego se vio, que por eso tuvo que dedicarse a Matalascañas y Punta Umbría y cada vez pasaba más tiempo lejos de Amalia y de un hijo al que no tuvo más remedio que renunciar cuando decidió no volver nunca, desentenderse de todo (con la secretaria, claro, una de El Picacho, muy frescachona ella y con buenas manos para la máquina y el zarandeo, por lo que se ve, hay que ver cómo prospera la gente en este pueblo; y a Cigala, quiera que no, lo que le pasa es que se consume de envidia, dice Julia), un tipo de lo mejor plantado que había en la ciudad, y Amalia siempre fue un palo, tú lo sabes, pero algo tendrá, mujer, cuando él ha consentido en casarse; ni siquiera le notificaron a Carmen el matrimonio de su hija, entre otras razones porque nadie conocía a ciencia cierta su paradero y, a fin de cuentas, su presencia no era conveniente, así que decidieron trastornar levemente el protocolo para no levantar suspicacias, la ma-

drina fue una hermana del novio y don Luis,
por su parte, renunció en favor del viejo coronel, de esa forma la ausencia de Carmen parecía diluirse un poco, sobre todo teniendo en
cuenta que el viejo coronel, emocionado, no
pudo resistir la tentación y se colgó todas las
medallas, incluso las más improbables y conflic-
tivas, e hizo el ridículo, alegremente, ante media
ciudad—, Amalia siempre tristona y, sin embargo, incansable, porque esta mujer ha cambiado
muchísimo en pocos años, quiero decir, dice
Cigala, en sus costumbres, no en su manera de
ser, que en eso no tiene arreglo, qué dolor de
ella, ahora no sale de su casa, pero antes la veías
en todas partes, con su cara de ayuno y absti-
nencia, eso sí, una cara con la que, ya de casada, agobiaba de la mañana a la noche a un
hombre que se moría por una gamberrada bien
hecha: sin exagerar, advertía siempre, que esto
de gamberrear es una obra de arte y yo tengo
una mujer muy fina que puede abortar del disgusto si me paso de cafre. Porque bruto era
como él solo, Cigala es el primero en recono-
cerlo. Nadie se atrevería a decir que ella le extraña, ni siquiera en lo más rudimentario, como
dice Cigala bizqueando la boca —dicen que el
gachó tiene un arma de concurso, yo no he podido comprobarlo, las cosas como son, qué más
quisiera, pero en los últimos meses, cuando Ra-

fael Murillo aún se presentaba de vez en cuando, y siempre de improviso, más que nada para ver al niño (que le ha salido rana, por cierto, eso se ve a la legua), y servidora estaba alguna tarde haciéndole las manos a la señorita Amalia, unas manos ideales, todo hay que decirlo, lo mejor que tiene como de aquí a Lima, la pobre, porque pellejo sí que es, ay qué lengua tengo, Dios me perdone, pues esas tardes, digo, cuando él venía y casi ni se hablaba con la señorita Amalia, y empezaba a recelar del hijo y le faltaba tiempo para ponerse en bañador, una calzona ajustadísima, de esas en las que te fijas y descubres que tienen nariz, servidora, descompuesta, tenía que mirar en seguida para otro sitio, para no desmayarse y para no ganarme una torta, hija, no te puedes imaginar qué paquete—, nadie le ha oído jamás musitar su nombre, ni gritarlo en esas pesadillas que le atormentan nada más dormirse, y si alguna vez se refiere a él, así, de forma impersonal, lo hace con una contenida displicencia que no puede ser inocente. Nunca hablan de él. A lo sumo, hacen referencia a cualquier cosa en la que Rafael Murillo tuvo algo que ver en algún momento, pero en seguida procuran que su nombre y su recuerdo se disuelvan en un aparente consenso de desinterés, quizás un poco demasiado evidente en el caso de Amalia, empeñada sin duda en demostrar (y en demostrarse a sí misma, sobre todo) que ninguna dolorosa experiencia y ninguna pasada humillación constituye para ella lastre ni amenaza alguna si logra vivir ensimismada. Está escuchando atentamente todas y cada una de las palabras de Marcos, algo que al anticuario no puede dejar de inquietarle, es fácil adivinar que se trata del último recurso del que Amalia dispone a estas alturas de su destrucción, permanecer atenta hasta la crueldad, sitiar cada palabra hasta exprimirla, hasta despojarla de todo significado, sin permitir que ninguna de ellas sea devorada o resucitada por la que le precede o por la que le sigue, de forma que quizás le resulte imprescindible inventar un tiempo en el que cada sonido disponga de un espacio propio, irreductible, en el que cada sílaba se esponje sin desbordarse, limitada siempre por un vacío inmisericorde, sorprendentemente desconectada del ritmo y la velocidad del discurso de Marcos, ajena a la muy precisa y hábil vocalización del anticuario, congelada (cada sílaba) en el proceso de rigurosa disolución al que Amalia la somete, de ahí que incluso pueda palparse (ha confesado el anticuario alguna vez) la distancia entre los vocablos recién salidos de sus labios y el seguimiento, la aceptación, la comprensión acaso de los mismos por parte de su interlocutora; es como si Amalia atendiera

58

al monólogo del anticuario negándoselo a su entendimiento y confiándoselo a todos los poros de su cuerpo, ahora tenso y lívido, como se confiaría a un sonámbulo un territorio intransitable. Para quien pudiera observar esta conversación desde algún punto insonorizado de la casa —tal vez desde la terraza, tras los cristales, sin acceso posible a la penumbra del salón y al sonido exacto de las palabras— resultaría evidente este desacuerdo entre ambos interlocutores o, más exactamente, entre las palabras que cada uno de ellos manipula; y, sin embargo, apenas ha habido tiempos muertos desde que se sentaron frente a frente. Pero hay que ver lo deprisa que se largó el tarambana, dice Cigala, ni que lo de una fuera contagioso —y aquel día Julia estaba en la casapuerta con el novio, ha venido a despedirse, mañana se va para Salamanca a ver si hay suerte, a mí me parece que así no vamos a llegar a ningún sitio, y por supuesto que vieron salir al anticuario como si se le hubiera olvidado algo muy importante, y Cigala se ríe con ellos, con Julia y Angel, porque eso es lo que le pasa al niño, dice, que no se le olvida: y mira que sois tímidos, la señorita ni se va a dar cuenta, es el último día, mujer, métwlo en tu cuarto y allí estaréis tranquilos; y le hace un guiño de complicidad a Angel, qué zángano más macizo,

quién lo pillara, por Dios—, pero volverá, no se
preocupe que volverá, señorita Amalia, dice el
manicura, y ella dice, burlona, qué más quisiera
yo que no volviese, y hace un leve esfuerzo por
dar a entender que ya no le preocupa en absoluto lo que haga o deje de hacer el anticuario,
ya nada tiene remedio, y lo acepta, aunque no
pudo evitar, días después, esa mueca de desagrado cuando, estando ella en el balcón que da a
poniente, atenta a la bajamar, al paisaje que iba
descarnándose allá abajo, al borde mismo de las
murallas de contención, Julia se le acercó para
avisarle de que el señorito Marcos estaba de
nuevo allí. No iba a dejar, en modo alguno, de
someterse a él una vez más —la habitación que
Julia comparte con Lola Porcel está sobre la cocina, siempre fue la del servicio, las paredes des-
nudas y un armario maloliente al que Julia no
acaba de acostumbrarse (guarda toda su ropa en
una maleta y procura no estar presente cuando
Lola Porcel decide cambiarse de vestido), y aún
conserva un divertido palanganero del que Marcos le habló imprudentemente a Marivá y que
ella, por lo visto, no le ha permitido arrebatarle, pues de lo contrario no se comprende que
Marcos jamás haya hecho sobre él oferta alguna, y unas camas elementales en las que el so-
mier apenas cruje ya de puro vencido, y hay en
todo el cuarto una atmósfera distinta, como

60

si durante años se hubiera ido amontonando en él un olor menestral y sano, mucho más noble, a estas alturas, que el que invade el resto de la casa—, de modo que ella, Amalia, parece muy bien dispuesta a dejarse cortejar por el agravio y ni siquiera manda retirar el servicio de café, ni se interesa por el paradero de los otros habitantes de la casa, en parte, sin duda, por conocerlo perfectamente —es posible que don Luis haya cumplido, de alguna manera, su amenaza, y la tórtola convaleciente yazca ahora, muerta, en los brazos de su ejecutor: la tórtola se llama Laura, y menos mal que tía Laura no lo sabe, dice Antonio; hay que oírle hablar del bicho para comprender lo solo que este hombre se siente, ha dicho Esteban, el amigo de Antonio, de quien de pronto se siente más cerca que nunca, porque comprende, mientras hablan de los extravíos de don Luis, que acaso su amigo adivine para sí una soledad tan profunda y definitiva como la del padre, y hay un brillo cálido en los ojos de ambos cuando se miran en este instante, y no les importa que alguien lo pueda presenciar—, sin que sea preciso responder en cada momento de cuanto pueda rodearles, envolverles, encubrirles. Don Luis se halla siempre sumergido en ese desconcierto que le impide reconocer los perfiles convencionales de todos esos objetos domésticos que de pronto han pasado a serle hostiles: en esta habitación, suele decir, en el antiguo gabinete de música ya desmantelado, se oye el mar como si estuviera encima de nosotros, aquí solía encerrarse un antepasado del viejo coronel (según la historia que Borja, luego, ha adornado a su manera) completamente desnudo, y era capaz de permanecer inmóvil, en silencio, durante horas, hasta que la piel se le amorataba, e incluso alguna vez, cuando tardaban mucho en darse cuenta de lo que ocurría, llegó a sangrar por el pecho sin que llegara a notársele herida alguna; y aquí, en el gabinete, la abuela de Amalia se reunía cada sábado con su confesor, en la capilla por lo visto estaban más incómodos, y Amalia le pide que no diga más disparates, pero era cierto que el viejo coronel seguía, al cabo de los años, mostrándose rencoroso por las extrañas, larguísimas conversaciones de la mujer con el religioso, un hombre fuerte, de ojos tenebrosos y voz profunda, a quien la futura tuberculosa se confiaba con sospechoso deleite, y a mí es que me hervía la sangre, reconocía con toda franqueza el viejo coronel, pero al parecer nadie más alimentaba tan ruines pensamientos y él decidió, con muy buen sentido, que era mejor aprovechar el tiempo en lugar de encabritarse con sospechas que si a alguien mancillaban era precisamente a quien las discurría, de modo, solía decir con juguetona resignación, que uno aprovechaba para socavar la dudosa honradez de la casera que entonces teníamos (y la frase le salía de un tirón, sonora, como aprendida en alguno de aquellos novelones que su mujer, antes de morir, parecía no acabar de leer nunca); Lola Porcel, dice don Luis (y es evidente que se complace en resaltarlo), durmió siempre en la habitación de las criadas, aunque entonces no la compartía con nadie, y jura con aparatoso fervor, como si se hubiera comprometido solemnemente alguna vez a hacerlo de por vida, que a él nunca le franqueó la puerta y todo resultaba así mucho más enigmático y emocionante. Borja puede estar en la capilla. No es hora de atender las explicaciones de Antonio —consideró imprescindible que Borja se sometiera a algún libro de texto, a fin de cuentas con ello debía contar para dentro de muy pocos meses, y el mismo Antonio se encargó de comprarlos, ya sé que son rudimentarios y tiene mucha más importancia lo que Borja ha venido haciendo hasta ahora sin ayuda de nadie, pero ha llegado el momento de que se discipline un poco, tenía miedo, dijo, de que al niño le costase demasiado trabajo adaptarse a la vida escolar y creciera marginado y triste, no creo (Esteban trataba de escucharle pacientemente) que sea bueno para él utilizar el aislamiento como un

desafío, se convertirá para él en mera y vergon-
zosa desdicha—, de forma que habrá vuelto al
rumoroso vacío de la antigua capilla, aún se
nota en la pared frontal la marca dejada, después de tanto tiempo, por el cuadro que Amalia está empeñada en conservar ahora, y a Borja
una vez don Luis lo sorprendió tendido en el
suelo, al pie del despojado altar, inmóvil, muy
pálido, no tendría más de seis años y dijo así
hacía el bisabuelo, ¿verdad? —don Luis disfruta
contándolo, un poco majareta sí que estaba el
buen señor, tenía un ataúd en la capilla, ahora
parece cualquier cosa pero antes venía un padre
capuchino a decir la santa misa todas las mañanas; había olor a incienso y la voz pegajosa del
sacerdote parecía temblar en el aire de la capilla durante horas, toda la habitación olía un
poco a confesionario no ventilado jamás y muchas veces las mujeres se mareaban allí dentro,
y cuando el cardenal de Sevilla prohibió la ce-
lebración de cultos en todas las capillas priva-
das de su diócesis el viejo coronel, según explica don Luis, logró para la nuestra una autoriza-
ción especial gracias a la intercesión del prior
de los capuchinos (a fin de cuentas, en aquel
entonces era la única iglesia en muchos kilóme-
tros a la redonda) y conseguimos salvarla durante un tiempo, yo creo que era más bien un
homenaje a la madre de Carmen, sus buenos

64

cuartos que le sacaron, lástima que al final también esta capilla haya seguido la suerte de la del resto de las capillas y oratorios de las buenas casas de la provincia, aunque dudo que ninguna otra haya tenido un cliente tan interesante como el estrafalario antepasado de mi suegro, todos los días encerrado en el ataúd media hora exacta, para acostumbrarse a la muerte, según él; ay, deje usted eso, don Luis, no sea macabro, protesta Cigala, qué sofoco—, y él le suplicó, muy impresionado, por favor, hijo, no hagas eso. Nadie más ha vuelto a descubrirle, es como si a Borja se le hubiera afinado el oído hasta el extremo de oír los pasos acercándose desde el fondo de la casa, de forma que nunca más se ha dejado sorprender —tampoco por Julia, desde aquel día en que la criada, descompuesta, tiró de un manotazo todas las flores que había sobre el antiguo altar, cómo me lo pones todo, maldita sea, vete a jugar a la pelota, coño, este niño nos va a salir maricón—, pero eso puede que no haga sino empeorar las cosas y yo, dice Antonio, siempre sospecho que Borja está entregado a juegos turbios y corrompidos. Pero el mal de Borja es mucho más huidizo y oscuro: las indefinidas ausencias que le envuelven y que constituyen una camisa de fuerza que cualquier persona medianamente sensible (al menos, alguien tan atento como Esteban) imaginaría que sería incluso capaz de tocar. Todo lo demás parece hueco y abandonado. Borja está solo y no podrá mantener por mucho tiempo ese privilegio físico de su soledad. Don Luis ha recaído en los delirios de su alma. Antonio quiere escapar de aquí. Y Amalia no va a realizar esfuerzo alguno que pueda descontrolarla, y se limita a observarlo todo desde esta disponibilidad en que se halla acaso desde siempre, pero de un modo palpable desde que Montecarmelo se puso en venta, y no necesita perspectiva alguna para contemplar el universo derrumbándose a uno y otro lado de su piel, y sabe que dentro de un momento Julia volverá al salón para retirar las sobras de la merienda y puede que Lola Porcel esté espiando en el pasillo —la muy puerca, mascullaba Julia, y parece sorda y ciega y alelada, pero bien que aguantó hasta el final, vieja guarra, empezó de pronto a dar golpetazos en la puerta como si la estuvieran matando, que tuve que abrir, vamos, y el pazguato de mi Angel que no acababa de ponerse el pantalón en condiciones, pero una vez dentro de la habitación se quedó muy quieta y no dijo nada, y eso que yo estaba como quien dice en cueros vivos, y a mi Angel de pronto le dio la rabieta y le dijo mire, o se calla usted como un muerto o le meto ese cocho de cartón piedra que debe de tener el manillar de mi bicicleta; qué basto, hija, y Cigala venga reírse y a Julia le entró también el pato y allí estaban las dos ajenas a todo, muertas de risa y adornando con alegres procacidades inventadas sobre la marcha la escena de los novios y Lola Porcel en el cuarto de las criadas, seguro que es la primera vez, dijo el manicura, que se echa un casquete ahí dentro—, pero será inútil que Lola Porcel o cualquier otro esté acechando, porque de ninguno de sus gestos ni del sonido de su voz quedará memoria, de todo esto no quedará ni carroña para los buitres. El anticuario ha encendido un cigarrillo y deja que el humo resbale ante sus ojos como un pez malherido entre las aguas. Es difícil que Amalia pueda distinguir la expresión de los ojos de Marcos a esta hora de la tarde, por eso él consiente en ceder un poco y los entorna en busca de un momento de descanso, un poco de alivio para la tensión que se ha ido acumulando en su mirada, tratando de aceptar que Amalia no va a dejarse sorprender por el cansancio o por un inesperado desvanecimiento de la voluntad, que Amalia no claudicará por ninguna treta o ruindad que él acertase a concebir, porque ya sólo tiene que defenderse de sí misma. La entrevista aún puede prolongarse mucho, y cabe esperar que

Julia, demasiado curiosa para olvidar algo, entre de nuevo en el salón, apenas cuaje este silencio, para encender, al menos, la lámpara que hay sobre el escritorio.

El resplandor vacilante de la lámpara va arañando poco a poco todo el espacio encerrado entre los cuatro muros y crece silencioso, como una enredadera triste y cauta, hasta casi rozar las vigas que sostienen el techo de esta habitación orientada a poniente. Al principio era sólo una mancha de luz que escapaba débilmente de la pantalla, pero ya se va deslizando hasta alcanzar las junturas de las paredes y cada vez resulta menos sencillo precisar cuál es el foco de donde la luz nace. Del exterior se filtra la agonía de la tarde, el enfermizo sopor, sin brillo alguno, de esa claridad helada y densa, pero superficial, que sucede durante unos instantes al ocaso. De forma que en el salón la figura de los dos coloquiantes aparecen por primera vez envueltas en un mismo desdén, como incrustadas en la infinita desgana de toda la costa, con el mar lejano y sordo, la playa deformada por una grandeza exclusivamente física que no puede redimirla en absoluto y que más bien la humilla, la reduce a un paisaje plano y amarillento cuyo horizonte parece suspendido en el vacío —hay, sin embargo, una fugaz belleza en esos caballos que galopan hacia la meta, en la segunda quincena de agosto, inmediatamente después de las fiestas patronales, por las orillas húmedas y penetrantes de este lado de la desembocadura del río, y la luz cárdena del crepúsculo impide reconocer tanta suciedad acumulada por el desagüe de una corriente fluvial tan legendaria como corrompida, de forma que los caballos, por un instante, parecen luchar más contra la historia (tantas historias grandilocuentes y pintorescas) que contra el tiempo y el esfuerzo de los demás, y siempre resulta confortador descubrir que las monturas se olvidan de sus jinetes y se entregan a una lucha solitaria y estéril (premios ridículos, más bien simbólicos, para los ganadores) con una devoción que sólo puede ser ofensiva; basta observar un instante a los espectadores lánguidamente entusiasmados, como cumpliendo un rito antiguo y tal vez algo anquilosado, para comprender que todo sería mucho más sangriento y excelso si se dejara a los caballos pelear a solas, perdidos en la bajamar, a salvo de cualquier reclamo turístico (las carreras de caballos más antiguas de España, el más bello de los hipódromos que arquitecto alguno haya podido proyectar), empeñados en alcanzar una identidad con el paisaje que sólo por unos instantes, pasajeros, se llega a producir: qué horror, señorita Amalia, se queja Cigala, el muy bruto de Gregorio Ríos, ya sabe, el jefe de los guardias, el cabo municipal, basto como él solo, el pobre tan almidonado, si usted lo viera, parece un merengue en una turmix, pues no va y empieza a pegarle tiros al animal desde cinco metros de distancia, ni que se lo fuera a comer, por Dios, cómo sufría el animalito, es que metió la pata en un hoyo y se la destrozó y dijeron que había que matarlo, que no tenía arreglo, pobre criatura, quiero decir el hijo del dueño, un chavalín que andaba por allí llorando a moco tendido, mire usted qué dolor, pero había que matarlo, al caballo, claro, no al niño (ay, don Luis, no sea usted pejiguera, que usted me entiende), y llamaron a la autoridad, no tiene arreglo y está sufriendo mucho, así que péguele un tiro, le dijeron, y el muy brutísimo de Gregorio Ríos empieza a disparar desde no sé dónde, desde lejísimos, en vez de acercarse, en vez de apoyarle la pistola en la sien (ay, don Luis, supongo que los caballos también tienen sien) y dejarlo seco a la primera, que es lo que decía todo el mundo, pues nada, el tío venga a disparar, con mucha prosopopeya, eso sí, debía de pensarse que estaba en el cine, el infeliz, y el caballo es que gritaba, mire usted, qué carni-

cería, y la gente empezó a abuchearle, como le
cuento, y Gregorio Ríos, claro está, empezaba
a cabrearse, y yo le dije a la que iba conmigo,
mira guapa, de aquí nos vamos, que el garicú-
per éste es capaz de liarse con todos nosotros,
y menos mal que el dueño del animal, que ya
estaba harto, oiga (quiero decir el dueño, don
Luis; el animal lo que estaba era chorreando
sangre lo mismo que un cántaro lleno de bo-
quetes), le pidió la pistola a la autoridad y des-
pachó a su caballo de una vez, con un talento,
oiga, que a una se le puso la carne de gallina—,
todo el paisaje encrespado y el viento apretán-
dose contra las casas como si estuviera perse-
guido. Pero esta tarde hay una calma arisca
como el resentimiento, con el cielo apelmaza-
do y gris y el sol del lubricán amontillado y
metido en un ahogazón de tormenta —fue unos
meses antes de nacer Borja, ella estaba muy
débil y Paco Ruiz, el médico, le prohibió hacer
el menor esfuerzo, pasaba horas en la cama, sin
leer siquiera, y eso, afortunadamente, no le producía ningún desosiego (es una cama muy de-
corativa, dijo el anticuario, y además ahora se
llevan mucho, no tuvo reparo en explicarle un
truco muy elemental para sacarle al mueble casi
el doble de provecho: ya ve usted, dijo, el pie
y la cabecera son idénticos, de manera que la
desmonto y hago dos, una pareja de camas, las

cabeceras iguales, el pie libre, y muy bonitas y originales), como tampoco el lecho le ha producido nostalgias, tanto es así que cuando Marcos le propuso su compra (y fue una de las primeras ofertas que le hizo, no un dechado de generosidad precisamente), ella dio su consentimiento de inmediato, es demasiado aparatosa para un piso, se justificó, había que ver cómo eran las habitaciones de enclenques, y Marcos se apresuró a llevarse la cama, previo pago en efectivo del precio que había decidido adjudicarle, y Amalia no se mostró en absoluto emocionada, pues si bien era cierto que allí nació Borja (estaba profundamente sola aquel día y el viejo coronel le pidió que se trasladase a Montecarmelo, en este pueblo aún se puede parir como las mujeres lo han hecho toda la vida, en su propia alcoba, con toda la familia cerca, con una comadrona y un practicante y sin tener que pagar una fortuna por la habitación de una clínica, dijo, y Paco Ruiz, a fin de cuentas, le había recomendado encarecidamente una temporada de descanso, mejor allí, los dos últimos meses de gestación, y era absurdo rechazar algo que todo el mundo consideraba benéfico para ella, pero Amalia se negó a abandonar la casa donde vivió con Rafael Murillo, se negó a dar a luz en otra alcoba que no fuera la que había compartido con él, de manera que don Luis se encargó de llamar a Loli Fuentes, la misma que trajo a Antonio al mundo con manos tan expertas que ella misma lo pone siempre como ejemplo de logro profesional, pero Amalia gritó ferozmente durante hora y cuarto, incluso después de que todo hubiese terminado, como si estuvieran todavía descuartizándola, y dijo atrocidades que nadie pudo haberle enseñado nunca, que nadie se atrevió después a recordarle y que, sin embargo, ella se ha sorprendido a veces escribiendo, en la soledad de su dormitorio, en el lujoso papel tela que siempre utiliza para sus cartas, como si aquellas palabras le rebotasen en los dedos, después de flotar durante tantos años entre los tabiques de su conciencia), también había supuesto para ella la perenne constancia de su soledad, un testigo nocturno y desvelado que tuvo que acusar, noche tras noche, tanto temblor oscuro, incluso obsceno, como ella ha ido asfixiando en su ropa de noche y en la música acogedora que el transistor derrama de madrugada: hasta el amanecer con la radio encendida, desde hace más de nueve años— y nadie va a turbar ahora el duelo sosegado que ella y el anticuario tratan de resolver, sin que ninguno de ellos se deba reconocer vencido ni culpable de haber extorsionado al otro. No hay teléfono en la casa. Cuesta un dineral traerlo hasta aquí, explica Antonio, de modo que habrá que bajar a la ciudad para poner esa llamada que Esteban no quiere justificar demasiado; desde que Esteban anunció que debía telefonear, Antonio se ha ido hundiendo en una melancolía delatora, empeñado en no expresar siquiera su deseo de acompañarle, debimos traer el coche, dice simplemente, ahora tendrás que pedir un taxi y ése es otro problema: el teléfono más cercano lo tiene Mar Azul, el orfanato, al menos te cobran por utilizarlo y no tienes que andar pidiendo favores, dice Amalia, sólo que al llegar (Esteban por fin convenció a Antonio de que bajase con él) se encuentran con un ingenioso truco por parte de las monjas, la hermana María del Perdón, campechana y nada tímida, miren ustedes, hemos decidido dejarlo a la voluntad del usuario y así tienen ustedes la oportunidad de hacer una obra de caridad, pero se trata de una conferencia, protestó Antonio, avisamos antes a información y cuando terminemos nos dicen la cantidad exacta, no tiene vuelta de hoja, sólo el favor, opone la monja con una sonrisa deslumbrante y Esteban debe suplicarle que no se preocupe pero que le deje llamar, es muy urgente (y, en realidad, no lo era en absoluto, una conferencia con un amigo que pasaba largas temporadas en Londres, se alegraba infinito de oírle, y Antonio hubo de soportar aquellas confidencias largas, inútiles, me ha sentado muy bien, dijo malévolamente Esteban, y esta vez Antonio estuvo a punto de decirle si tan poco te gusta nuestra compañía no es preciso que permanezcas aquí ni una sola hora más, nos encontramos a finales de mes en Madrid, si quieres, y si hace falta hablamos entonces todo lo necesario, nosotros dos solos, sin nada ni nadie que nos condicione), pero Antonio no hizo nada por ayudar, parecía pensativo y hosco, no hizo comentario alguno, ni siquiera consultó el reloj, aun siendo evidente que la conferencia se prolongaba mucho más de lo razonable, mil doscientas pesetas, señor, dijo la operadora, y Esteban le entregó a la hermana María del Perdón dos billetes de mil pesetas y le dijo, como si estuviese en la carnicería, quédese con el cambio, y la monja parecía satisfecha, sonrió, dijo luego Antonio (Amalia demostró un interés que Antonio hubiera sido incapaz de sospechar en su hermana), pero musitó en seguida, tan hábil y desvergonzada, bendito sea el señor, hijo, esto es sólo una obrita, no una obra de caridad, poca cosa, se indignaba Antonio, y Esteban parecía exageradamente divertido con todo aquello, y Antonio le dijo si quieres pasártelo bien por qué no te miras las ronchas del culo, y a Esteban no le dio la real gana ofenderse, se limitó a reír muy alto, como se había limitado a añadir un billete más de mil

76

pesetas como respuesta a la insinuación de la monja, y preguntó ¿es suficiente?, y la hermana María del Perdón dijo muy compungida con esto no compras nada, hijo mío, todo sea a la mayor gloria de nuestro Señor. ¡Tres mil pesetas por una conferencia con Madrid! Yo a eso lo llamo robar, dijo Amalia, y habló entonces de los largos enfrentamientos con la religiosa, el orfanato está al otro lado de la carrera y, por consiguiente, no tiene salida directa a la playa, había que dar un rodeo grandísimo para salir por El Espadero, un callejón sombrío y maloliente, tierra de nadie, tierra de todos (y ya te puedes imaginar lo que quiero decir con esto, pero Esteban dijo que no lo imaginaba y ella tuvo que explicar con una claridad odiosa el amplio surtido de guarrerías que cabe hacer, sobre todo de noche, en un callejón oscuro y de más de doscientos metros; era evidente la mala intención de Esteban obligándola, con aquella sonrisa burlona, a dar detalles perfectamente repugnantes, y Amalia después se lo reprocharía a Antonio, a veces no me gusta nada tu amigo, tiene una manera muy particular de divertirse), claro que las monjas son muy finas y querían su camino particular: ay, señora, como si lo viera, le ha pedido que se lo regale, dijo el manicura, y era cierto, y don Luis, que estaba entonces en sus horas bajas, reaccionó con una docilidad estúpida y la hermana María del Perdón decidió, sin el menor escrúpulo, aprovechar la coyuntura (qué palabra más fea, señora, se lamenta Cigala, a mí me suena a cosa del catre sin bendición del cura, pero es algo que me pasa con muchas palabras, todas las que se escriben con equis, por ejemplo, todas me parece que tienen que ver, así, a primera vista, con el cuerpo de cintura para abajo: cochinadas), se le pegaba en cuanto tenía ocasión y le daba una paliza de lamentación y buenos consejos, música celestial, y debió de quedarse de piedra cuando él le confesó que Montecarmelo no era suyo, sino de sus hijos, y más concretamente de Amalia, porque el otro, Antonio, había renunciado a todos sus derechos sobre la finca en un arranque que más parecía de cobardía que de generosidad (eso fue exactamente lo que dijo don Luis, y hubiera resultado muy lúcido de no ser porque, meses después, en la otra fase de su enfermedad, alabó el desprendimiento de su hijo pequeño con una emoción que no tenía más remedio que haber sido rumiada largamente). Amalia no sólo se negó a regalar esa tira de terreno que la superiora del orfanato pedía para mayor gloria de nuestro Señor y para comodidad de sus criaturas, sino que no quiso oír una sola palabra acerca de una posible venta de la misma, a buen precio, naturalmente (buen pre-

cio a los ojos de Dios, que no están sus arcas
para despilfarros, vino a decirle el prior de los
capuchinos de parte de la monja: esos dos van
a dar la sorpresa cualquier día, no me diga que
no sabe usted la última, qué cosas pasan en este
pueblo, señorita Amalia, y a Cigala se le alegra-
ban los ojos casi infantiles, pues el amanera-
miento venía a proporcionarle una inocencia en
el rostro que pocas personas dejan de apreciar
de un modo u otro, y se puso a explicar, con
mucho meneo de manos y mucho gritito, el último escándalo, usted conoce al padre Leonardo, ¿verdad?, todo el mundo conoce al padre
Leonardo y seguro que Antonio se lo ha seña-
lado a Esteban alguna tarde, en la Calzada o
en la plaza del Cabildo, que no es que se es-
conda precisamente, ahora que el viejo fraile se
ha casado y ha vuelto al mundo, como usted
lo oye, señorita Amalia, con Joaquina Méndez,
la de la mercería de la calle de la Capillita, la
mujer más fea de España, bien lo sabe Dios, yo
creo que ese pobre hombre lo ha hecho a modo
de penitencia, porque de lo contrario no se
comprende, aunque todo el mundo dice que
están muy bien y que cada uno le ha hecho el
apaño al otro, y eso es lo que yo digo y que
Dios me perdone, que el prior y la hermana
María del Perdón son capaces de dar la campa-
nada cualquier día de estos; y todo el mundo

se divierte con las procacidades del manicura, de casa en casa, su vespa, la cigala bordada en sus camisas entalladas y siempre impecables), negándose incluso a recibir al fraile, que ponía en el asunto un empeño de veras chocante. No sólo obligó, pues, a la monja a desistir de sus pretensiones, sino que mandó colocar a la entrada de la finca un gran cartelón, propiedad particular, prohibido el paso, y mandó a Julia a Mar Azul con el recado de que la señorita Amalia agradecería mucho que las niñas no siguieran atravesando Montecarmelo camino de la playa: ay, madre, a mí no se me queje, que a una le pagan por quitar mierda y por servir y por dar la cara cuando nadie se atreve. En realidad, Julia se ofreció voluntariamente a hacerlo. Desde luego, reconoció Antonio, es una faena obligarles a dar un rodeo tan grande, pero tampoco es agradable tener encima a las niñas todo el santo día, y a los familiares de las niñas, que esos son los peores, los domingos sobre todo, a veces Amalia se asoma a la terraza y los ve allí, grupos de gente gritona y desenvuelta, o parejas de novios que se acercan hasta los eucaliptos y hacen todo lo posible por esconderse, y las risas, que no acierta a comprender por qué siempre le resultan procaces, dice, las risas de las asiladas, y todo ello contribuye a su estado de crispación en una medida que nadie parece capaz de comprender, ni siquiera su padre: señora, dijo Julia, entre divertida y apurada, don Luis se ha encontrado un pito, un pito de pitar, un silbato, usted me entiende, yo creo que será de alguna de las monjas, pero a él se le antoja, informó Amalia al médico cuando le llamó aquella misma noche, que es de alguien que le persigue y viene con mucha gente a llevárselo —no consentía en acostarse, y recorrió toda la casa al menos cinco veces, comprobando si las ventanas estaban bien cerradas, e incluso llamó a la puerta de la habitación de Borja, y como su nieto tardaba un poco en contestar empezó a golpear la puerta con una ansiedad desmesurada, y Esteban salió al pasillo completamente desnudo, apenas se cubría el sexo con unos calzoncillos mínimos de los que él usa y que llevaba en la mano, y Antonio apareció tras él, con la bata puesta, y llegó a tiempo de escuchar las confusas acusaciones de su padre contra su amigo, ¿quién le había mandado allí y cuál era exactamente la conjura?, y parece que nadie se dio cuenta de que la puerta de la habitación de Borja no se abrió nunca, ni el muchacho apareció por el pasillo a pesar del estruendo que armaron entre todos, incluso Lola Porcel andaba por allí con aquel extraño camisón negro que usaba para dormir, y Amalia completamente vestida, porque había permane-

cido en el salón, sin hacer nada, sin valor para
acudir en seguida al cuarto de Borja, y cuando lo hizo prestó una atención excesiva a la
desnudez de Esteban, la risa de Julia, qué tonta, ella se había puesto una rebeca y todo, si
lo llega a saber se presenta también en cueros
vivos y ya estaba completo el cuadro: a ti, le
dijo al manicura, te hubiera encantado ver
aquello—, y el médico dio algunas instruccio-
nes que siempre le parecían a ella desganadas,
como si la voz del siquiatra estuviera resenti-
da por no ocuparse de otra cosa, siempre las
mismas llamadas a horas irrazonables, todo
tan inútil, no cabía sino consentir con la fatalidad. Las niñas iban a cagar, algunas veces,
al pie de la muralla, y desde que Amalia les
prohibió el paso por la finca parece que se
dedicaron con más ahínco a tan saludable me-
nester, como si todas se hubieran puesto de
acuerdo, como si obedecieran a una consigna
que la hermana María del Perdón les daba antes
de salir, vamos, niñas, no entretenerse, quien
tenga ganas de dar de cuerpo que espere a llegar a la playa y lo haga junto a Montecarmelo,
al aire libre da más gusto —y Borja había puesto
en una de sus redacciones que iba desnudo por
la orilla y se vio de pronto rodeado de soldados, pero el cuerpo empezó a brillarle como
si fuera de oro y los soldados se quedaron

sin saber qué hacer, porque parecía un milagro
y a lo mejor recibían un castigo si lo tocaban:
para un niño de diez años resulta revelador,
dijo Antonio, esa sensualidad de la desnudez
y los metales preciosos, y la excitante presencia de los soldados (hemos visto a alguien que
se esconde entre los eucaliptos, dijo educada-
mente la pareja de carabineros, y don Luis se
ofreció a acompañarles en la búsqueda y estaba dispuesto a rescatar para la ocasión su vieja
escopeta de caza, pero Amalia consiguió que
Antonio se lo impidiera aunque fuera imposible retenerle en casa, salió con los guardias a
recorrer el pequeño bosque de eucaliptos palmo a palmo y no pudieron encontrar a nadie),
como si el mundo entero estuviera de pronto
poblado de fantasmas; sin embargo, aquellos
otros golpes sí eran reales, una madrugada
de invierno, el temporal que amenazaba con
arrancar la casa de cuajo y los bramidos del
mar, las aguas casi negras, y aquellos golpes
desesperados en el portón, manotazos, Borja
descubriría al día siguiente huellas ensangren-
tadas en la madera, y Amalia se vio en la obligación de despertar a su padre alimentando,
fugazmente, el espejismo de que él pudiera
servirles de algo, cuando en definitiva fue
ella la que tuvo que abrir, aquellos lamentos
desgarradores al otro lado de los muros y en-

contraron tumbado en la terraza, junto al portón, a un hombre con toda la piel púrpura
de frío y los ojos desorbitados, desnudo, Julia
corrió por una manta y entre todos lo llevaron
al salón, Julia dijo está muriéndose y habría
que avisar a un médico, imposible pedirle explicaciones, aunque resultaba evidente que trataba de decir algo, de pedir ayuda, tal vez para
alguien más, señalaba hacia el mar con una
angustia que parecía aterradoramente antigua,
estaba ardiendo de fiebre y gemía, era imposible descifrar, en aquel instante, si era joven
o viejo, tenía el rostro deformado y todos los
miembros rígidos, la piel incomprensiblemente
seca, porque resultaba evidente que acababa de
salvarse del mar después de sobrevivir a algún
naufragio, no está tan alejada la desembocadura y él tuvo la suerte de acertar con la dirección correcta, algún otro se hundiría para siempre nadando en dirección contraria, y de todos
modos don Luis y Borja habían salido con una
linterna a mirar con los alrededores y no en-
contraron a ningún otro mientras Julia corría a
Mar Azul y por poco araña a la hermana María
del Perdón que no estaba dispuesta a permitirle
llamar por teléfono, no es para nadie de la casa,
coño, despertó con sus gritos, dijo, a todas las
monjas y a las niñas, es para un hombre que
está muriéndose, un marinero, parece que se

hundió su barco con este temporal, que fue eso,
naturalmente, luego lo leyeron en el periódico,
dos días después, y en la crónica los nombra-
ban a todos, y hablaban de aquel otro cuerpo
que a la mañana siguiente, cuando las aguas se
retiraron, apareció pegado a las rocas de la escollera, todo él cubierto de heridas que el mar
había dejado amarillentas y con las manos hundidas en los ostiones, el trabajo que costó arrancarlo de allí, contaban—, sucesos que se apreta-
ban como un dogal en torno a la soledad de
Amalia, el estiércol de las colegialas rodeando
la finca y el recuerdo imborrable de los náufra-
gos, y Cigala llenándose de morisquetas para
decir lo de la mierda de las niñas es una cosa
muy poco cristiana, y Marcos ríe y seguramente piensa para sus adentros que Marivá será
capaz de convertir todo eso es un espectáculo:
vengan y vean cómo cagan las huerfanitas. Porque incluso lo más ruin tiene su parte cómica.
También la historia de Amalia, la crónica de su
desdicha, apta para versos tenebrosos, para una
recargada tonadilla hundida en una voz aguar-
dentosa y febril. Y la desesperación de los caballos en busca de la meta. Tres días a finales
de agosto. Es el único tiempo en el que la playa
se ve desbordada de gente y Amalia, incapaz de
aislarse e ignorar el griterío, incapaz de librarse
del oleaje maligno de su memoria (cuando Ra-

fael Murillo, todavía pretendiéndola, le regala-
ba varas de nardos y le festejaba la carne me-
chada que ella misma había cocinado para los
invitados de la familia), prefiere soportar desde
su terraza ese espectáculo que tanto la acongoja, los caballos galopando contra la luz reverbe-
rante del crepúsculo, la turba de chiquillos que
escalan la muralla de Montecarmelo para ver
mejor y mancillarlo todo con sus gritos entu-
siastas y crueles. Cada vez es más difícil la serenidad en un lugar así, murmura, y Marcos trata
de explicarle que ese piso que ella ha comprado debe de resultar muy tranquilo, al menos por
ahora, y que tal vez todo el secreto resida en
decorarlo adecuadamente, y él, en este sentido
(lo dice despacio pero con escaso dramatismo,
sin que nada, hace apenas un segundo, pudiese
advertir que al fin había decidido hablar), no
tiene más remedio que desaconsejarle, franca-
mente, el cuadro de la Natividad, son paredes
bajas y piden pinturas apaisadas y lo más lumi-
nosas posible, esta Natividad es hermosa, por
supuesto, pero enorme, vertical y barroca, demasiado sombría. Se ha hecho un silencio que
el anticuario interpreta, sin duda, como una tregua. Amalia contempla detalladamente el cuadro colgado frente a ella y es como si lo hiciera por última vez. Amalia muestra una expresión vacía, como si de repente se hubiera

quedado sin fuerzas, sin reflejos, sin recursos, y es posible que cuando recupere la conciencia de su indefensión acabe dando su consentimiento a cuanto se le proponga. Puedo darle treinta y cinco mil pesetas, dice Marcos, y me comprometo a pintarle unas flores para los marcos ovalados: usted ya sabe que de eso lo que tiene valor es el lienzo, en el óleo no hay nada de particular. Es indiscutible, Amalia, dijo Antonio. Y Amalia, sin embargo, no contesta.

Su padre le dijo, de pronto, aquí hay un muchacho que dice que te conoce —Amalia había preferido ir personalmente a la parada en busca de aquel taxista, ya me ha llevado otras veces y es un hombre agradable, siempre es mejor no tener que dar las mismas explicaciones cada vez que voy a visitarlo: por favor, al hospital siquiátrico de Cádiz, y más de uno se queda perplejo y hay que decírselo claramente, al manicomio, por favor—, sabe que te llamas Antonio, que vives en Madrid, que usas gafas y tiene mucho interés en saludarte. Se llama Javier Toledo, alto, con el pelo negro muy largo y muy liso, es bailarín —y Antonio se sobresaltó, ¿Javier qué?, yo no conozco a nadie que se llame Javier Toledo y que sea bailarín, puede que sea del colegio, a lo mejor del cuartel, no tengo ni idea, y cuando la enfermera vino a charlar con Amalia y a bromear con su padre Antonio se lo preguntó, pero yo no lo conozco de nada, se apresuró a aclarar, sólo que tengo curiosidad y me gustaría saber quién es; ay, por Dios, dijo la enfermera, una rubia grandota y afectuosa, no le hagas caso, él dice que conoce a todos los hombres de la provincia, a cualquiera, es invertido y además un asqueroso, siempre que lo pescan lo traen y cada vez lo traen más a menudo, y Antonio notó que la sangre se le subía a la cara, aunque fuese perfectamente cierto que aquel nombre no le sonaba en absoluto y, de todos modos, ni Amalia ni don Luis hicieron comentario alguno, don Luis empeñado en presentar a su hijo a todos los compañeros del hospital y la enfermera le dijo, por favor, acompáñale, vas a pasar un mal rato pero es preferible, él está muy orgulloso de ti, le habla a todo el mundo de su hijo Antonio; tantos rostros demacrados y la mayor parte de las miradas parecían estrábicas, don Luis le condujo al bar y casi todos interrumpieron momentáneamente lo que hacían, éste es mi hijo, se llama Antonio, vive en Madrid, y a él le producía aquello una enorme angustia, verse observado con tanta y tan enigmática curiosidad, e incluso pudo recoger al paso comentarios desagradables sobre su pelo y su forma de vestir, y don Luis le preguntó ¿quieres tomar algo?, y él estaba seguro de que, de haber aceptado llevándose a los labios cualquiera de aquellos vasos que había sobre el mostrador, habría vomitado

allí mismo, en presencia de todos—; éste es Javier Toledo, dijo de pronto su padre, y Antonio se encontró de repente envuelto en una mirada resbaladiza que no reconocía de nada, y
apenas pudo descifrar el saludo que, en voz
muy suave y oscura, vino a dedicarle el otro, y
no tuvo más remedio que ahuecar la mano,
como si temiera contagiarse, al estrechársela
aquel extraño individuo con cara de adolescente envejecido prematuramente y que decía co-
nocerle desde hacía mucho tiempo, y Antonio
pudo ver cómo al otro se le endurecía el rostro
y le asomaba a los ojos un rencor estremecedor
cuando él dijo que lo sentía, no me acuerdo, y
el bailarín le retenía la mano entre las suyas y
de pronto sintió, muy intensa, la presión de
aquella piel húmeda, destemplada, y quiso desprenderse de aquel contacto voraz, abusivo, de-
lator, pero el otro no estaba dispuesto a dejarse
vencer, fue preciso que alguien avisara a los en-
fermeros que vinieron a llevárselo violentamente mientras él, Javier Toledo, murmuraba obs-
cenidades. Nunca se lo hubiera dicho a Amalia
de no ser porque la enfermera fue a pedirle disculpas a Antonio a la sala de espera, mientras
aguardaban a que el médico pudiera atenderles
—es muy sencillo esperar, basta con abandonar-
se y dejar que todo vaya enfriándose alrededor,
como este aire del atardecer, la atmósfera que

apresa las palabras del anticuario y las mastica lentamente, va desgranándolas con incontenible pericia, con una precisión vampírica y elegante, hasta dejarlas heladas y dóciles, inútiles, inofensivas cuando al fin penetran en la mujer que va aislando recuerdos—, y la inconsciente risa de la enfermera le resultaba a Antonio profundamente desagradable, una risa interminable, ahora se arrepentía de haber consentido en acompañar a Amalia y, como buscando protección, se acordó del taxista, saludable y guapo, que esperaba adormilado en el coche, bajo los pinos de la avenida principal, desde donde toda la finca parecía apacible y aséptica, nadie diría que esto es un manicomio, había comentado el chófer, está pero que muy bien; sin embargo, Antonio pudo descubrir entre los pinos, mientras se acercaban, hombres solitarios y lentos, ensimismados, vestidos con un desaliño conmovedor, figuras huidizas pero que dejaban una huella perturbadora en el recuerdo de quien las veía por primera vez, y Amalia nunca se había atrevido a hablar de ello, pero Antonio y Esteban mantuvieron una larga conversación en la cama, desvelados, al regreso de aquella visita a la que el huésped no había podido incorporarse por prohibición expresa de su amigo, ¿de veras no ha preguntado por mí?, y Antonio dijo que no aunque mentía y fue incapaz de hacer-

lo de manera convincente, no ha preguntado
por nadie, dijo, es como si no se acordase de
nada: mejor dicho, se acuerda de hechos aislados, los examina tercamente fuera de su con-
texto, les halla significados turbios y amenaza-
dores, los desmenuza con una falta de rigor que
permite el más minucioso, extenso y sombrío
de los análisis, da la impresión de hallarse
terriblemente solo pese a encontrarse rodeado
de personas que no tienen el menor reparo en
considerarlo amigo, igual que él a todos ellos,
pero a mí me parece, dijo Antonio, que cada
uno de los enfermos, y mi padre no es una
excepción, obliga a cuantos le rodean a encarnar
sus propios fantasmas, de manera que entre ellos
existe una mezcla de confianza y de recelos que
ni siquiera se esfuma cuando son dados de alta
—don Luis recibió hace unos días una carta interminable, parecía muy impresionado y estuvo
leyéndola toda la tarde, muy despacio, y resultaba inquietante comprobar sus esfuerzos por
explicar qué clase de sentimientos le ligaban a
aquel antiguo compañero de siquiátrico, quedán-
dose siempre en medias palabras, no como si
algún tipo de pudor le impidiese ser más explí-
cito, sino por la imposibilidad absoluta de explicar unas relaciones que ahora, en su estado
actual, fuera de la clínica, deben de resultarle
demasiado confusas, incomprensibles, la carta

92

está seguramente llena de claves que él ya no entiende del todo, hay algo que perdió al salir de allí, el espíritu corrupto y aglutinante del lugar, debe de sentirse muy desamparado frente a palabras cuyo completo significado se le ocultan, por eso es incapaz de hablar con precisión del texto y de quien lo firma, alguien a quien quizás ni siquiera recuerde con exactitud, dice Esteban, pero el saber que alguien se acuerda de nosotros, acude a nosotros en un momento de desolación, obliga a enfrentarse, incluso agresivamente, a cuantos permanecemos ajenos a esa confusa complicidad—, demasiado fácil de recobrar al regreso, como si el tiempo no hubiera transcurrido, dijo el siquiatra, apenas hablan de su familia, al menos de la familia actual, los recuerdos se alejan hasta épocas en que la lucidez aún no había sido dañada, resultan sorprendentes sus conversaciones en los reencuentros, ha pasado a lo mejor un año, más tiempo incluso, y nadie habla de ese paréntesis de meses, suelen permanecer sumidos en sus obsesiones o, a lo sumo, recordar tiempos muy antiguos, siempre igual, cada vez que regresan, como si la nostalgia no pudiera ya referirse a la tregua existente entre una recaída y otra, sino al paraíso perdido, al tiempo dichoso, sin mácula, durante el cual alguna vez llegaron a creerse felices. Pero Amalia no quiere que el anticuario la

sorprenda en un momento de debilidad senti-
mental, en medio de la congoja que le produce
siempre la decisión de internar a su padre, decisión que siempre intenta retrasar lo más posible, incluso en contra de los consejos de las personas allegadas, aunque la opinión de Laura no
merece tenerse en cuenta, quizás sea inexplica-
blemente objetiva, pero resulta cruel y ella,
Amalia, encuentra un placer especial en contra-
decirla, aunque alimenta la esperanza de que
esta vez no sea necesario el internamiento en
el hospital, ojalá podamos controlarlo todo,
doctor, musita por teléfono, y el médico, en
cambio, parece escéptico y hasta burlón, cada
vez que cambia el tratamiento parece que está
haciendo aburridas concesiones a la inútil esperanza de Amalia, permite incluso que ella proponga casi a diario nuevas dosis de cada medi-
camento —es inútil, no sirven para nada, protesta don Luis: lo que ocurre, explica Amalia,
es que las medicinas lo calman demasiado y él
no quiere, se resiste, necesita un mínimo de fortaleza para poder desahogar toda su angustia y
las medicinas lo atontan, hacen que se sienta
terriblemente cansado, hay que andar con cien
ojos detrás de él para que no las tire al retrete—, el médico nunca pone demasiadas trabas,
a lo sumo, advierte, no vaya usted a exagerar.
Antonio, la primera vez, volvió mucho más

impresionado. El siquiátrico de la provincia aún estaba en el edificio antiguo, demasiado sólido, sórdido, con un penetrante olor a humedad y una sonoridad carcelaria, todos los pasos se agigantaban mientras huían hacia las altas bóvedas, la monja, dice Amalia, era fuerte y experta, nos condujo a una celda del segundo piso y era estremecedor ver a don Luis con barba de varios días, ¿es que nadie se ocupa de vigilar el aseo de estos hombres?, alguna risa, violenta, desvergonzada, atronaba a veces el corredor y él no parecía oírla. Tenía la ropa llena de lamparones, bien sabe Dios lo maniático que ha sido toda su vida para la limpieza, y de pronto era como si se empeñara en llevarse la contraria, como si se complaciera en destrozar sus compromisos consigo mismo —es un modo, tal vez inconsciente de escapar, no se siente obligado a responder ante nadie y comete lo que sin duda considera una grave y maravillosa agresión a los demás, a sí mismo, y quizás convenga, dice Esteban, dejarle evolucionar a solas, no presionarle, tan sólo vigilarlo con discreción para que no haga daño, para que no se lo haga a sí mismo— y no estaba solo, compartía la celda con otro enfermo que permanecía acuclillado en un rincón, dispuesto a no moverse, y de aspecto insufrible: el médico me dijo, se justifica ella, si usted quiere gastarse un dineral en una clínica privada por supuesto que puede hacerlo, pero le aseguro que esas comodidades él no va a apreciarlas lo más mínimo, incluso puede ser contraproducente, aquí se siente más a gusto, puedo asegurárselo, por el amor de Dios no se atormente y llámenos con la frecuencia que necesite, quiero decir para su tranquilidad, le informaremos de todo y podrá visitarle siempre que a mí, de acuerdo con el desarrollo de la crisis, no me parezca un despropósito. Y Amalia, ahora, mientras habla con Antonio y con su amigo, endurece la mirada porque se niega a demostrar que está conmovida: dentro de poco habrá que ingresarle otra vez, musita. Porque ella, en efecto, posee ya una decantada sensibilidad para captar el más leve matiz alarmante en el comportamiento de su padre —hay como un asomo de dejadez, siempre, al comienzo de ambos períodos, y luego bruscas alteraciones que ya sí aparecen muy definidas según presagien un estado de congoja o de excitación, en el primero de los casos se acentúa la preocupación por el vestuario, el menor roce en la camisa le parece ofensivo para los demás, y, por el contrario, cuando está próximo el despiadado rito de esa persecución que parece alimentar desde su nacimiento, empieza a descuidarse y a coquetear con modos juveniles e incluso extravagantes, pide la bicicleta de Borja para dar largos paseos que le devuelven a casa agotado, y toma prestados, sin previa consulta naturalmente, los pantalones vaqueros de Antonio y siente la imperiosa necesidad de comprar una correa ancha y de hebilla aparatosa, convencionalmente viril—, y Amalia en seguida trata de frenar el galope del mal, pero casi siempre el médico le sugiere esperar un poco, no conviene en absoluto cambiarle de golpe el tratamiento; ahora lleva más de una semana variándole la dosis progresivamente, a diario, y don Luis no parece mejorar, más bien lo contrario. Antonio se dio cuenta en seguida. Era, dice, incapaz de entender esa deformación especial que ofrecía, en momentos así, la figura de su padre, como si flotara dentro de su ropa, o como si el cuerpo, enjuto y nervudo, se mantuviera perpetua y radicalmente despegado de su pensamiento, como si el pensamiento lo repudiara —creo que estás adelgazando, dijo Amalia, y al instante comprendió que había sido imprudente (apareció en la terraza con unos pantalones cortos de tela de gabardina que para Amalia resultaba imposible saber de dónde habían salido, hace tiempo que se propuso hacer una limpieza inmisericorde en el mirador pero nunca se había encontrado con fuerzas para realizarla, allí, en enormes baúles, había ropa que para cualquiera menos impre-

sionable que ella resultaría divertida, incluidos
estos pantalones cortos que su padre había descubierto y que lucían en el pernil izquierdo
grandes manchas de moho), y a don Luis le
entró en seguida la preocupación por comprobarlo personalmente y no paró hasta encontrar
una báscula y descubrir que, en contra de las
apariencias, había engordado casi dos kilos—,
como si su organismo hubiera entrado en un
conflicto impredecible, arbitrario, con su alma.
Y fue al entrar en el taxi por la avenida principal de la finca a la que habían trasladado el hospital siquiátrico de la provincia, al sorprender a
aquellos enfermos aislados que vagabundeaban
por el pinar, cuando descubrió de golpe la que
podía ser la razón de aquel espejismo —el taxista había dicho esto parece un balneario, y sonrió a Antonio por el espejo retrovisor, y a él se
le antojó arrogante, impía, una sonrisa que en
cualquier otra circunstancia le habría incluso
excitado, no en vano le había llamado la atención lo guapo que era el conductor del coche
de alquiler, pero que en aquellos momentos
resultaba un alarde de salud y franqueza que
incluso a él, a fin de cuentas un hombre sano,
le pareció sangriento—, el secreto de ese desdén
especial que reflejan los cuerpos que acogen
un espíritu atormentado: ninguno de aquellos
hombres, ni su padre cuando estaba enfermo,

bajaban la vista para contemplarse a sí mismos, ni siquiera aunque se hubiesen enfundado el disfraz más extravagante bajo el impulso más exhibicionista. Curiosamente, es lo mismo que hace el anticuario. Nunca baja la mirada, nunca la dirige a ninguna parte de su cuerpo, ni siquiera a sus manos, mientras merodea por la habitación con palabras que cada vez parece meditar menos, como si no necesitase infundirles orden, ideas y expresividad ante la cercanía de un desenlace que no puede ser sino a su favor. Sobran, por tanto, a estas alturas de la conversación, las metáforas astutas y los fogonazos de ingenio, porque hasta el aire parece ir desgastándose conforme anochece y es posible que baste con alargar la mano y producir un roce escueto, preciso, para lograr la posesión de todo aquello que se desee. El único peligro es que alguien interrumpa de pronto la conversación y desgarre violentamente la conjura que el hombre, la memoria y el ocaso han ido desplegando con inmisericorde paciencia en torno a Amalia, cuyas manos ahora están tranquilas, agotado también el nerviosismo de los primeros momentos y la crispación que vino a sucederle, y cuya respiración no parece delatar sino un profundo cansancio, un agotamiento de años acumulado ahora en su cuerpo, de ahí ese gesto de mantener las manos sobre el regazo y los dedos entreabiertos, como si el destino se le escapara irremediablemente para disolverse en un porvenir anodino, mientras el mar, afuera, huye para amontonarse en la línea del horizonte, lejos, donde tal vez algún día recupere ese azul devastador que la costa —esta línea de tierra cuya apariencia sosegada sólo a veces logra deslumbrar a incautos, salvar a extraviados, perder a desafortunados para siempre, como aquellos que naufragaron en el temporal y vinieron a perecer entre las rocas de la escollera— tardó siglos en corromper. Permanecieron casi una hora acompañándole y don Luis se empeñó en llevarles hasta la alambrada que limita la finca con la carretera, Antonio volvió indignado, es un paisaje desolador, con la cantera a menos de doscientos metros, los barrenos no tienen más remedio que excitar continuamente a los enfermos, no sé cómo no prevén estas cosas, durante todo el día están reventando las explosiones, y mi padre habló de ello obsesivamente, como si temiera no poder librarse el resto de su vida de esos estampidos que anestesian por un instante el paisaje entero, que azotan todas las paredes del hospital y obligan a la mayoría de los enfermos a replegarse dentro de su desolación, como aves marinas que buscan huecos en el acantilado cuando la marea brama. De nada pueden servir las explicaciones de médicos y en-

100

fermeras, sería necesario que cada uno de los internos pudiese comprobar por sí mismo el origen de las explosiones, y aun así casi todos creerían estar siendo víctimas de un engaño ejecutado minuciosamente, y sin reparar en gastos —don Luis estuvo hablándoles, yo creo que enigmáticamente, dijo Antonio, en ocasiones tienes la sensación de que te está tomando el pelo, relataba extrañas cacerías, y en alguna ocasión llegaba a confundirlas con aquellas otras que él protagonizara a diario años ha, cuando aún le permitían disponer de su licencia de armas (oh, no te preocupes, dijo Amalia, caducó hace tiempo) y los patos salvajes y las tórtolas o, en último caso, las mismas avutardas, manchaban con su vuelo aturdido, ebrio, el aire vacilante de las mañanas de primavera y otoño; ahora, dice, vienen a matar pajaritos, aquí difícilmente van a encontrar otra cosa, esas cuadrillas de cazadores que don Luis asegura que merodean por los alrededores de la finca, por la playa, junto a las alambradas del hospital u ocultos en la cantera, mezclados entre picadores y dinamiteros que llegan a diario en grandes camiones en los que, a lo largo del día, se carga grava y arena—, una representación perfectamente controlada para no alarmarles. Hace dos noches Amalia sorprendió a su padre, muy excitado, mirando por la ventana del salón, tratando de ver en la oscuridad.

Lejos se oía, renqueante, el motor de un camión y don Luis parecía muy asustado, aún faltaba para que amaneciese, habría que denunciarlos, dijo Amalia, no sé dónde se meten los carabineros —están destrozando los corrales, vienen de noche a cargar ostiones, los arracan brutalmente de las rocas, pese a la prohibición, y van llenado espuertas hasta que alguien avisa hay peligro, alguna mañana incluso ha aparecido algún montón abandonado delante de la casa, no les dio tiempo a llevárselo todo, el viento los reseca y los desperdiga, Julia dice que su novio ha venido algunas noches, cuando está parado y no hay otra cosa (quince duros pagan por espuerta) y a punto estuvieron de pillarle una vez los civiles—, y al principio Amalia no sabía qué era lo que más alarmaba a su padre, si la clandestinidad o el equívoco de unas figuras encorvadas bajo los esportones, o tal vez el mero hecho de que la noche permaneciera impasible o acaso la constatación de que cualquier agresión podía consumarse sin demasiados obstáculos y quedar impune, o tal vez ese profundo remordimiento que parece acometer a quien se empeña en perseguirse a sí mismo, mientras nadie se lo impida, porque toda liberación va más allá de los propósitos de quien la anhela y don Luis lleva demasiado tiempo alimentando y repudiando, simultáneamente, día tras día, su esclavitud. Yo creo, desde luego, que son los camiones, dijo Antonio. Le había impresionado mucho aquella fijación de su padre con los vehículos que abandonaban la cantera rebosantes de tierra y grava menuda y volvían de vacío, conducidos siempre por hombres inexpresivos pero que alardeaban acaso de haber cumplido una misión clandestina que algo tenía que ver con los internos, retenidos allí, tan próximos, tan dóciles y acechantes. Son los camiones, dijo Antonio. También a él le habían parecido siempre vehículos inquietantes, reconoció —Amalia está de nuevo muy quieta, los dedos separados y rígidos y las manos apoyadas sobre los muslos, la cabeza levemente inclinada pero sometida a una tensión que obliga a las líneas del cuello a mantener un raro equilibrio, Marcos tendrá en cualquier instante la sensación de hallarse conversando con una estatua, tamaña quietud destila la figura de la mujer que parece levitar en la penumbra, su cuerpo está mínimamente apoyado en la butaca, incluso se diría que hace esfuerzos por evitar cualquier contagio, algún roce que pervierta esa actitud absorta y hasta displicente en su hierática agresividad, que Marcos no acierta a destruir; porque ella habla, no cabe más remedio que reconocer que esa voz que suena pausadamente en medio de la penumbra que ya domina el cuarto es la suya, se va enroscando en la luz afilada de la lámpara como una columna de humo alrededor de la brisa, y se deja oír con absoluta precisión, por más que el anticuario no acierte a distinguir el movimiento de los labios de Amalia, pero resulta evidente que se produce, pues el discurso está huérfano de cualquier sonoridad extraña, se desliza diáfano y plano, sin más vibraciones que las exigidas por una modulación natural de cada vocablo, sin delatar esfuerzos rebuscados o tácticas e intenciones capaces de deformar el volumen o la duración de las sílabas; ha comenzado de nuevo a sentirse pequeño dentro de toda su ropa, explica Antonio, y conforme empeore se irá acusando esa sensación, la apretada complicidad que existe siempre, pasados los dos o tres primeros días, entre nosotros y aquello que vestimos, es como si el tejido y la piel se hicieran mutuas concesiones, apalabran un pacto de mutua condescendencia que más tarde, conforme el tiempo (que todo acaba por hacerlo confortable, incluso la desdicha) impone el criterio de la utilidad, se troca en abierta colaboración, en una complicidad que incluso funciona estéticamente, logra disimular defectos o resalta detalles atractivos de cada anatomía, en ocasiones hasta llegar a la provocación, oye, le ha preguntado don Luis, impertinente, al amigo de Antonio, ¿tú te desgastas el pantalón por la

bragueta aposta?, ¿para que se te note el bulto?,
¿o los pantalones ya los hacen así, tan escanda-
losos?, y Esteban, sin inmutarse, le contestó hay
un poco de todo eso, usted ya sabe que cada
uno tiene la ropa que le corresponde, dime
cómo vistes y te diré quién eres, algo que los
fabricantes tienen en cuenta y todo es cuestión
de acertar con la prenda adecuada—, de manera
que el espejismo se produce a partir de un simple murmullo, del ronroneo insistente de un camión que no hace demasiado por pasar desa-
percibido en medio de la noche, como si algún
extraño designio le conminara a comportarse así
para despertar los temores, recelos, resentimientos y presagios agazapados en cada lecho, en
todas las camas del hospital siquiátrico provin-
cial. Marcos deja de interesarse por la denoda-
da lucha que don Luis mantiene consigo mismo,
pero no tiene más remedio que seguir escuchando las palabras serviciales de Amalia, la
mujer parece demasiado entregada a ellas y sería
una grave imprudencia quebrar el abrazo de
Amalia y su discurso, del espíritu y los vocablos de esa mujer que no quisiera mostrarse
cauta: quizá con mi actitud no hago sino soli-
viantarlo, explica, pero es difícil sustraerse al
temor de una sorpresa desagradable, por eso le
vigilo —y don Luis lo nota, se sabe vigilado, y
sabe muy bien que debería mostrar sólo lo que

le conviene y ocultar aquello que puede volverse en su contra, y lo logra durante una temporada, desde mucho antes de que Amalia le sorprenda en el primer desliz, cuando ya empieza a confundir sus recelos y entra de lleno en la persecución de su propio desvarío, lleno de incógnitas y desconfianzas, de manera que poco a poco empieza a esconder actitudes, hechos, gestos, palabras que en realidad resultan perfectamente razonables, pero que él siente lejanos y ariscos, por lo que vuelca en un cúmulo de extravagancias, al principio mínimas pero cada vez más graves, su propia angustia; extravagancias que, por otro lado, quizás nadie reprocharía a cualquier otro, pero que en don Luis adquieren una dimensión inquietante y precursora porque son cíclicas e incurables—, ya sé, dice Amalia, que siempre empezamos demasiado tarde, que un hombre como él, a pesar de la enfermedad, puede estar meses conteniéndose, y debe de ser una época de sufrimiento a la que ninguno de quienes le rodeamos accede nunca, pero tal vez la desconfianza y la vergüenza son ataduras que nadie jamás debería tratar de arrebatarle al prójimo. Hay consuelos que a la larga pueden trocarse en provocaciones. Le hemos dicho demasiadas veces, dice ella, que le conviene pasear un poco, y ahora que necesitamos tenerle aquí, cerca, controlado, se escapa —ya es muy tarde y don Luis sigue sin aparecer, Antonio y su amigo salieron a la playa a buscarle pero no han logrado descubrirle, porque se oculta, tal vez no premeditadamente, pero es obvio que se quiere librar de este acoso de miradas, tantos ojos tratando de analizar cada uno de sus movimientos, puede que él ni siquiera llegue a distinguir con nitidez las intenciones de quienes le acechan, todo le es ajeno y, por tanto, amenazador y humillante—; decidieron esperar un poco, uno siempre corre el riesgo de hacer el ridículo si va al cuartelillo con una petición de búsqueda, puede estar en el sitio más inocente, más seguro, y permanecer en él sin darse cuenta de que el tiempo transcurre —Marcos tampoco se decide a consultar la hora teniendo en cuenta la fragilidad de la entereza de Amalia, sentada frente a él en un quietud peligrosa, toda ella puede derrumbarse en cualquier momento, a la menor contrariedad, tal vez el más doméstico y trivial de los sonidos baste para romper la atmósfera de mutua disponibilidad en que ambos están envueltos, y la tarea del anticuario debe reducirse, pues, a deslizarse fuera de esa atmósfera sin brusquedades, sin alarmar a Amalia, hasta conseguir una posición de ventaja, hasta lograr situarse fuera de esa trampa que es la entrega incondicional de la mujer a los estímulos que el anticuario va planteando, que ha ido construyendo con el propósito de escapar en el momento oportuno y la esperanza de lograrlo sin dificultades, mientras Amalia habla como si sus labios leyeran en algún lugar indefinido del salón lo que está diciendo o, más exactamente, como si fuera su piel, y no sólo la del rostro, la que va construyendo las sílabas—, de manera que todos deciden aguardar, respetar la tregua que todo el que se siente acosado solicita cuando comienza a adivinarse perdido. Lo peor, dice Antonio, es que está muy cansado, debilitado por los medicamentos, y se puede quedar dormido en cualquier parte, a la intemperie. Borja asegura que ha visto al abuelo tomar las pastillas —Borja se ha convertido en el más inflexible guardián de don Luis, da la impresión de que experimenta un profundo placer cada vez que le sorprende en falta, yo creo que se siente despreciado y es un modo muy hiriente de vengarse, dijo Esteban, tu hermana no tiene valor para afearle la conducta al niño, seguro que lleva mucho tiempo comprobando que Borja se entrega pronto a resentimientos que ya nunca rechazará, no creo que os perdone lo que estáis haciendo con él; y no quiso añadir más explicaciones, pese a que Antonio se incorporó intentando poner una barrera entre su cuerpo y el de su amigo, tratando de resistirse al maleficio de la sensualidad

acorralada, ¿a qué demonios te refieres?, yo sólo
he tratado de ayudarle, Borja no es tan infantil
ni tan estúpido como para no comprenderlo,
puede que sea demasiado joven como para agra-
decerlo, pero tampoco yo he pretendido su gra-
titud, ni he sido especialmente riguroso, un par
de horas diarias sentado frente a un libro no es
como para odiar a nadie (tiempo arrancado a
sus alucinaciones, de cualquier modo, dijo Esteban), ¿y qué más le hemos hecho?, llevarle a
visitar ese odioso instituto, intentar que sea un
niño como los demás, ¿nunca nos lo perdona-
rá?, y Esteban le obligó a reclinarse de nuevo
sobre él y trató de calmarle, trató de impedir
que se alarmara, aquellos pasos que, muchas noches, creían sorprender al otro lado de la puerta de su dormitorio, hay alguien, y Esteban
sabía perfectamente de quién sospechar y por
eso se esmeró una vez más en que Antonio lo
ignorase; sólo una vez se asomaron a la puerta
y el corredor ya estaba vacío—, puede tropezar
y caerse, la playa en esta época resulta intransitable, no hay luces y es poco probable que a él
le queden fuerzas ni para gemir. Pidieron a Julia
que fuese con ellos y, en cambio, obligaron a
Borja a permanecer en casa. Salieron a gritar su
nombre, tampoco parecía probable que se hubiera alejado demasiado, hacía frío pero el mar
estaba quieto, largo llegaba el oleaje, levantan-

do apenas un rumor del que era imposible arrancar amenazas, se dispersaron y volvieron a encontrarse demasiado pronto, y entonces Esteban dijo debemos tranquilizarnos, está claro que gritando no vamos a conseguir nada, alguien tiene que pensar, ¿nadie conoce algún sitio adonde a él le guste ir, o adonde, por el contrario, nunca hubiera sido capaz de llegar encontrándose en sus cabales?, ¿ni siquiera Amalia?, y Amalia hizo un gesto tan vacío que Esteban no tiene la menor dificultad para comprender lo que quiere decir (es imposible saber lo que desea de veras un hombre mentalmente enfermo), y ella no pudo aportar dato alguno, de modo que volvieron a la playa y se alejaron gritando el nombre de don Luis, hasta que consideraron imposible que hubiera podido llegar tan lejos. Si al volver no lo encontramos, dijo Esteban, habrá que avisar al cuartelillo y que manden personal lo más diestro posible en estas cosas. Fue entonces, cuando empezaron a sospechar que algo grave había ocurrido, algo irremediable, cuando oyeron los gritos de Borja (y Amalia incluso sonríe, como si volviera a sentirse cómoda, y Marcos prefiere no decir nada, dejará que se consuma por sí mismo este bienestar repentino que el recuerdo ha venido a confiarle, ella no debe preocuparse de nuevo, en este instante, este anochecer, por el paradero de don Luis, estará con su tórtola, tratando de esclavizarla, no conviene que piense en ello, deberá permanecer absorta en el desahogo de este momento, adulada por la certeza de haber hecho lo que debía, una vez más, y de no sentirse en la obligación perentoria de culpar a nadie, de culpar siempre a alguien de todas sus equivocaciones), en la terraza, y luego, antes de entrar, los tres juntos, la explicación del niño, escueta, fría: no sé cuándo vino, pero está en el salón, dijo, a oscuras, riéndose.

Hay un pararrayos en cada una de las cuatro torres de la casa, don Luis se había empeñado en revisarlos personalmente, incluso descubrió suelto uno de los cables y se dio maña para solucionarlo, un éxito que a él le confortó mucho y le llevó a intentar desde aquel momento todas las chapuzas imaginables, llegando a cometer grandes torpezas, a provocar grandes desafíos al tratar de arreglar pequeñas averías que, tras su intervención, se agravaron de modo irremediable. Marcos se había ofrecido a pintar unas flores en los viejos lienzos —unos hermosos marcos ovalados, muy decorativos, que don Luis le había comprado a Lola Porcel, que los guardaba en el trastero con un despego que parecía que hubiese descubierto que aquel hombre y aquella mujer de los cuadros eran unos impostores, le pagó por ellos una miseria, un precio más que nada simbólico, había dicho él, y Lola Porcel no se opuso, no dio la menor muestra de emoción al desprenderse de aquellos

112

pálidos retratos de quienes se decía eran sus padres, un caballero y una dama perfectamente sombríos, muy dóciles, dispuestos sin duda a perecer bajo la mano experta del anticuario, creo que hace trabajos lindísimos, señorita Amalia, le había dicho Cigala, pero no dejaba de resultar sospechoso que el anticuario no hubiese mostrado demasiado interés por comprarlos, posiblemente porque carecían de todo valor y, sin embargo, eso no debería ser obstáculo para que Marcos intentase hacer, a costa de ellos y de la ignorancia ajena, un provechoso negocio—, se comprometía a realizar el trabajo en el menor tiempo posible, de forma que Amalia pudiese colgarlos cuanto antes en su nuevo piso, pequeño y manejable, a uno y otro lado de la consola. Laura había conseguido que el anticuario le hiciese un buen trabajo de esa clase, aunque, perfectamente consciente de la falsificación —esto era un San Antonio horrible, de esos que llevan en brazos un Niño Jesús lleno de coloretes, pero el lienzo estaba en perfectas condiciones y tenía cierta categoría, de modo que le encargué a ese hombre que me pintara algo y creo que hizo un trabajo discreto, presentable, ya ves, aquí lo he puesto, una pared que me quedaba muy vacía, tampoco se ve demasiado, que no es cosa de ir presumiendo de tener un «Marcos» en casa; una casa antigua meticulosamente cuidada, grandes puertas con clavos dorados que la mujer del cuerpo de casa solía limpiar con sidol tres veces por semana, y la escalera principal de mármol con barandilla de caoba, hermosos grabados antiguos que Laura no estuvo dispuesta a ceder, así como la cubertería de plata y la vajilla de porcelana antigua de la Cartuja, lamentablemente incompleta pero, a pesar de todo, deslumbrante, ella exigió una interpretación a su favor del desvaído testamento de tía María Luisa, la había cuidado como a una madre y tenía derecho a cobrarse tantos desvelos; y Marcos debe intentar ahora no delatarse con una sonrisa sardónica, si ella supiera, pobre mujer, esa marina que esconde en un rincón discreto de su casa maldito el valor que tiene, el San Antonio, desde luego, era de dolor de tripas, pero el lienzo tenía solera y una mujer como Laura nunca iba a darse cuenta del cambiazo, para ella es suficiente con que resulte medianamente decorativo—, no alardeaba en absoluto de ese cuadro, al final acabaría colgado en el cuartillo de las criadas (algo tengo que hacer, decía, esa criatura tiene que pasar un frío horrible, y no es que se queje, pero esta casa tiene demasiadas ventanas y ninguna calefacción, ¿cómo haces tú para calentar a la muchacha?, y Amalia, áspera, maliciosa, le contestó le pongo el novio en la casapuerta, al servicio

114

hay que darle facilidades, tía Laura, no seas antigua. Marcos había hurgado, sin consideración alguna, en toda la casa, y la primera vez cometió la torpeza de comentar luego con Marivá hay un palanganero bellísimo en la habitación de las chachas, y la madama le advirtió eso me lo respetas o te mando a hacer gárgaras ahora mismo. A fin de cuentas, el trato principal estaba cerrado —Montecarmelo pasaba a ser propiedad de la señora viuda de Ward, por un total de doce millones y medio de pesetas, pagados en efectivo: yo pienso que es barato, pero mire, dice Cigala en su vieneyvá de casa en casa, en el fondo ha tenido suerte, hoy en día ya a nadie le interesa un caserón tan grande, y como ella exige, por contrato, que la casa no sea derribada...—, toda esta tregua es una deferencia que la compradora tiene con el anticuario, cualquier otro se hubiese limitado a pagarle el corretaje y a partir de ahí se empieza a hablar de nuevo, pero Marcos tenía el extraño capricho de la Natividad (yo creo que tanto interés es casi pecaminoso, había dicho Laura), no conviene en absoluto que se lleve la Natividad al piso, si se le ocurre colgar en el salón el cuadro va a comprobar que queda precioso y se jodió la fiesta, le confesó Marcos a la señora viuda de Ward; hoy por mí y mañana por ti, preciosa, que si Amalia llega a descubrir quién eres, quién le

compra la casa, y a qué va a dedicarla, que lo
sabe toda la provincia y no me vengas con
cuentos, todo el mundo sabe que aquí un restaurante a palo seco no iba a dejarte un duro,
como tapadera ya es otra cosa, pues si ella se
entera, digo, tú no te quedas con Montecarmelo ni aunque se caiga a pedazos. Siempre fue la
casa más aparatosa de los contornos. Era de la
abuela de Amalia. Ella la heredó de un tío sol-
terón, extravagante, que había bautizado la finca
con el nombre de Villa Marta, en homenaje a
una querindonga que se le murió de parto, y
nombre que conservó durante años, incluso después de morir su dueño y hacerse cargo de la
finca aquella sobrina casada con un teniente de
caballería que se almidonaba a diario la cabeza,
se ondulaba el pelo hasta parecer la tabla de un
lavadero y perseguía ruidosamente pero en vano
a las criadas, sin importarle en absoluto, dado
lo venial de sus intentos, que la mujer y los dos
hijos estuvieran presentes: Antonio murió en el
frente de Teruel, según noticias sin confirmar,
y Carmen perdió todos sus derechos tras aquella locura que tan divinamente parece haberle
sentado —es una mujer espléndida, dijo Antonio, parece más joven que Amalia y, por supuesto, mucho más dichosa, me presentó un catá-
logo de amistades absolutamente desquiciado,
maravilloso, artistas de todo tipo que segura-

116

mente no valen un real, excepto, con toda seguridad, en la cama, y ella misma, su madre, estaba dispuesta a facilitarle un par de aventuras entre sus allegados y no se molestó lo más mínimo cuando él las rechazó y fue a entenderse con las personas que menos parecían de su agrado; Carmen había huido y nunca consintió en volver, para don Luis está perdida para siempre, hasta el punto de no hablar de ella ni siquiera cuando la boda de Amalia, no lo sabía, dijo Antonio, mostró cierto interés, sin duda malsano, por saber cómo estaba su hija en la actualidad, y de nada sirvió que Antonio tratase de redimir el estado físico y espiritual de su hermana con frases ambiguas, Carmen acertó de pronto con una definición incuestionable: seguramente, querido, es la imagen misma de mi cuñada Laura, y ya sé entonces a qué atenerme, sonrió, no hagas tantos esfuerzos—, de manera que Amalia heredó Montecarmelo incluso antes de la muerte del viejo coronel, una venta ficticia para evitar complicaciones legales y la sangría de los impuestos, Antonio había renunciado en favor de su hermana y si ahora estaba presente, si estoy aquí, dijo, es sólo para que no alimentes ningún tipo de remordimientos, lo acepto todo —incluso lo de Marivá, la próxima vez que vea a su madre tiene que contárselo, ella va a divertirse mucho y a lo mejor le entra la curiosidad de volver, un interés brusco y morboso por conocer ese burdel clandestino en que acabará convirtiéndose la finca, esa casa condenada a la ruina y que ella tuvo que abandonar para vivir, para sentirse libre, para olvidar: ni siquiera me ha preguntado por mi padre, dijo Antonio, y yo tampoco he querido decirle nada, sé que no va a acongojarse, tal vez por eso sea mejor que no lo sepa, pero sé que le apetecería visitar dentro de unos meses la casa, tomar una copa en la terraza rodeada de gente definitivamente vulgar, ruidosos americanos de la base, paletos endomingados, sudando la gota gorda mientras tratan de asomar la cabeza por el cuello de la camisa, y divertidas mujerzuelas que andarán profanando algo (algún trozo de la vida o de la memoria de los antiguos dueños de la finca) en todo momento; no creo que ella puede avergonzarse de nada, es una ventaja que ha sabido ganarse, reconoce Antonio, con auténtica admiración—, nunca tendré nada que reprocharte. Pero algo se habrá quebrado en el paisaje para siempre, la silueta remozada del caserón dejará de tener el oscuro atractivo de todo gigante encadenado, su desmesurada cautividad como un placer disponible, cercano, tal vez una larga maldición que todo el mundo trata de eludir, mientras las mareas se alejan y retornan con una displicencia aterradora. Es la pálida, inflexible alevosía del oleaje. A veces está aquí, golpeando los balcones, derramando espuma por los vidrios estremecidos, y Borja entonces suele quedarse absorto frente al temporal, como si esperase inútilmente algo desde las turbias profundidades del océano. Cuando, a media noche, el mar empiece a crecer de nuevo camino de la costa, apuntando a las viejas fincas que lindan con la playa, Amalia estará ya convencida de haber obrado mal, haga lo que haga, consienta o no en las peticiones del anticuario, que ahora se ha levantado lentamente de la butaca sin que ella, Amalia, haga nada por impedírselo, y hace unos gestos suaves con los que trata tal vez de inspirar confianza, y construye, con admirable elegancia y habilidad, leves acercamientos al cuadro de la Natividad, tentador —ay señorita, Cigala escandalizada, usted se acuerda de aquel salón que la señorita Laura tenía, tan exagerado, un espejo enorme con marco negro, tallado hasta la angustia, un abigarrado concurso de pájaros de largos picos y flores complicadas, uno sentía un agobio muy peculiar al entrar en aquel cuarto, dijo Antonio, tía Laura hizo muy bien en venderlo, también el tresillo haciendo juego, una se sentaba en cualquiera de las butaquitas, dijo Cigala, y te daban escalofríos, pensabas que de un momento a otro todo aquello se te iba a venir encima, figúrese, como en el peliculón aquel del jígcoc, las malas noches que me dio el puñetero, pues igual, una está allí sentada y en seguida piensa que aquello va a empezar a moverse, y que va a tener encima a todos los pajarracos y que los sarmientos y los racimos se te lían al pescuezo para asfixiarte, qué horror; una exageración, efectivamente, dijo Antonio riendo, pero tenía su encanto, es cierto que inutilizaba una de las habitaciones más bonitas de la casa, era demasiado sentarse allí para hablar de cualquier cosa, supongo que tía Laura hizo bien en venderlo, sobre todo, aclaró Amalia, si le pagaron el dineral que dicen por ahí), medallones simétricos en las cuatro esquinas y un trazo sencillo pero admirable, una pequeña obra de arte que Amalia sin duda sabe apreciar, así como el color, confuso y teóricamente inapropiado, tal vez una escena del nacimiento de Cristo debería tener un poco más de luz, dice el anticuario, tal como está tiene algo de clandestino e incluso vergonzante, Lola Porcel dijo una vez, cuando aún acertaba a hilvanar palabras, que aquel cuadro era un sacrilegio, tenía, en efecto, algo de infernal y lascivo, aquella exuberancia de los pastores, el pelaje sensual y sucio de los carneros, la provocativa mirada del ángel medio oculto entre los lentiscos, Antonio y Esteban lo habían estudiado detenidamente y llegaron a la conclusión de que se trataba de un raro ejem-

120

plar, inadecuado para una capilla tan exigua como la del caserón, mucho más para el salón de un piso pequeño y convencional como el que Amalia ha elegido para trasladarse, pero a ella no voy a decirle nada, dijo Antonio, porque no quiero que tome decisiones de las que luego pueda hacerme responsable—, sin atreverse nunca el anticuario a expresar un deseo demasiado acuciante, de manera que Amalia puede llegar incluso a la conclusión de que Marcos vacila, debe de estar considerando inútil una compra que a ella podría solucionarle los inevitables problemas de finales de mes, algo tan vulgar, necesita muebles nuevos para el dormitorio de Borja, incluso ha pensado por un momento en prescindir de su propia alcoba, es buena pero agobiante, tal vez en el piso resulte insoportable, pese a que, aclara Amalia, cabe incluso con cierta holgura, descomponiendo un poco la distribución de los muebles, no queda feo, Julia y ella se pasaron un tarde metro en mano, midiendo escrupulosamente. Pero no es sólo cuestión de centímetros, dice Marcos —Cigala venía muerta de risa, aquello parece una iglesia, mire usted, la capilla del Santísimo, yo no sé dónde tiene alguna gente el gusto, claro que es cosa de nuevos ricos, y el manicura volvía a ahogarse con un golpe de risa, con carcajaditas de novicia melindrosa, viene de casa de los Mimbrero, por cierto, a esa mujer se le quedan manos de fregona per secula seculorum, y culo de ama de cría por mucha sauna finlandesa que se meta en el cuerpo, entre pecho y espalda, y mira que caben saunas finlandesa entre el pecho y la espalda de esa gachí, mire usted, Conchita Irureta en cambio está monísima, yo no sé lo que hace (la tranquilidad, Cigala, la tranquilidad, me dice ella; yo no sé qué clase de tranquilidad se pensará que una se trae, a mi edad, un campero despistado de pascuas a ramos y pare usted de contar, que la gente cada vez está menos por hacer favores), pues a lo que iba, y el manicura se trae con la cara un comiqueo digno de verse, y hace mucho esfuerzo por controlar las manos, un gesto ordinario de vez en cuando cae simpático pero tampoco es cosa de exagerar, hija, y explica con enorme colorido lo que acaba de ver en casa de los Mimbrero, de allí vengo, por poco me privo y tienen que darme agua de Carabaña, qué deslumbre, Dios mío, ni el paso de la Macarena, mire usted, y ya es mucha la expectación en el salón de Montecarmelo y tampoco conviene pasarse, de modo que opta por desvelarlo todo y dice: el salón de doña Laura lo han puesto en el recibidor, para impresionar, vamos, en el suelo una alfombra tan alta como la bota izquierda de Angelito Giovanoni, qué dolor, con lo guapísimo que es y esa cojera tan desgraciada, de modo que pisas y yo casi grité ay que me hundo, madrecita mía de la Caridad, pero yo no sé bien si era la alfombra o el mareo que me entró al ver el espejo y el tresillo, si viera usted lo que han hecho, señorita Amalia, por lo visto les parecía poco vistoso, mire, poco señorial, la madre que los parió, y Cigala habla de pronto muy deprisa, como si le dolieran los dientes conforme se ve en la obligación de aclarar lo que pasa, que le han echado por encima un baño de oro, señorita Amalia, no vea usted cómo lo han puesto, que si no había visto esas preciosidades de purpurina que venden los gitanos en la puerta de la plaza, todos los viernes, pues igual, aquello parece la Capilla Sixtina pero en rubio platino, y a lo bestia, valiente ordinariez—, no sólo hay que mirar si cabe o no cabe (y Cigala advierte que todo termina por caber con un poco de ayuda y de buena voluntad), sino si conviene o no, usted lo sabe mejor que nadie, señora, el cuarto de estar le puede quedar muy tétrico y a los dos meses no habrá quien lo aguante, me parece a mí; pero todo esto lo dijo en otras ocasiones, a lo largo de otra conversación, cuando aún disponían de tiempo y de otros tratos que cerrar, pero hoy todo está definitivamente vendido, sólo queda esta pieza que cada uno de ellos codicia quizá sólo porque la codicia el otro.

Amalia sabe que el anticuario está construyéndose un chalé seguramente maravilloso en La Jara, y sabe también (entre otras razones, porque Cigala ha aceptado por fin hacerle las manos, una vez por semana, imposible más, tengo todas las horas ocupadas, a la mujer de ese niñato que, lo que son las cosas, señorita Amalia, lo mismo se convierte en alguien importante de aquí a nada, ya ve usted lo que está pasando con los Mimbrero, que bastos eran como ellos solos, pero como ustedes se descuiden, y perdone por meterme a lo mejor donde no me importa, se hacen los dueños del pueblo de aquí a dos años, ahora parece que quieren comprar las bodegas de Soto por cuarenta millones a tocateja y otros cuarenta en diez años, eso me parece que me han dicho, pero no me haga usted mucha cuenta, que yo paso de los veinte mil duros y ya me pierdo más pronto que una mocita en Torremolinos) que han tenido que irse al otro lado de la carretera, aquello está en un hoyo, más solo que un guardia en vacaciones, mire usted, la buena mujer no hace más que decirle a todo el mundo esto es precioso, ¿verdad?, qué complejo, pero una no tiene por qué andarse con miramientos y lo que me gusta es la playa, y asomarme a un cierro y ver el coto, y bajar a bañarme cuando quiera sin molestar ni tener que andar pidiéndole permiso a toda la gente bien, y se lo digo, vaya que si se lo digo, y ella entonces se hace la longuis pero conmigo no puede, y entonces me sale con que a ella le da miedo vivir tan cerca de la playa, habráse visto mayor ridiculez, mire, esa mujer parece tonta y además se piensa que los demás nos chupamos el dedo, no sé qué ventajas tiene, puestos a tener miedo, vivir en medio del campo: lo que ocurre (y Amalia lo sabe, pero le divierte oírselo al manicura) es que nadie quiere, señora, venderle una parcela por aquí, en la parte noble, como quien dice, porque una cosa es estar a bien con ellos por lo que pueda pasar y otra, muy diferente, tenerlos de vecinos. A la mujer del anticuario, Cigala le podrá dejar unas manos divinas, nadie dice que no, pero todo necesita su tiempo y el Barrio Alto no se le despega a nadie así como así. Marcos, cuando presenta a su mujer dice su nombre en voz muy suave y con una sonrisa maravillosa, tiene una cara divina ese hombre, señora, dice Julia, y entonces ella procura mostrarse cauta y no enseñar el plumero, pero en seguida se le ven las ganas de subir que tiene: a mí me encanta Montecarmelo, dijo, porque es una finca con solera —una casa divina, eso sí, no sé el dineral que se habrán gastado en hacerla, pero lo que ella dice, le falta edad, y eso que no se le nota una exageración porque el niño gusto sí que tiene, hay la mar de detalles estupendos, dice el manicura, un día tiene usted que venir conmigo, señorita Amalia, ella se la enseña con mucho gusto, por presumir que no quede—, y en aquellas palabras resultaba evidente la deformación profesional, la extraña, suavísima sordidez del camino que habían elegido para acceder a los círculos privilegiados, un cuidadoso comercio con el buen gusto, no hay sistema de enriquecerse que sea más directo y aceptable a la vez —Juan Eguiluz ha hecho millones construyendo pisos en las afueras de Madrid, y mira que es cateto, dice Cigala, y tan recortadito, el bigotito fino y el pelo ondulado, de tarjeta postal de los tiempos de arriba españa, es un guapo a lo Robert Taylor pero en provinciano, ¿verdad usted?, pues va a llevarse a sus hermanas a las Canarias por quince días y me parece, señora, que las estoy viendo, tan gritonas como son, llenas de pieles de contrabando por todas partes, unas ojeras hasta los tobillos y la sonrisa radiante, mire usted, señor guardia, como si lo viera, en la aduana, es que venimos de una boda en las islas y traemos las galas puestas para que no se arruguen—, no, Eguiluz siempre huele a menestral y la gente, por mucho que se tape con visones y potro salvaje, sigue oliendo a cemento durante años, como los albañiles. Marcos ha preferido hurgar en las casas agonizantes, donde

126

ya la plata se guarda en cajones, entre cobertores, porque no hay servicio que la limpie a diario, apenas si se encuentra de confianza y lo poco que queda cobra como un dentista. Marcos empezó con un traje de la Equis Cuatro al que parecía que nunca se le iba a quitar esa tiesura tan molesta que siempre tiene la ropa nueva, era una mala franela gris tan tirante que crujía cada vez que el hombre se sentaba, menos mal que con las corbatas siempre tuvo buen ojo y apenas empezaba a hablar una corría el peligro de quedarse de garganta para arriba, por donde a la criatura verdaderamente no puede ponérsele una pega, y ya estabas perdida —y Amalia sabe, siempre por boca del manicura, porque la mayoría de la gente que de vez en cuando viene a visitarla aún tiene educación, no toca temas desagradables, pero Cigala tiene una especial habilidad para hacerlo sin ofender, a todo le echa un sexy muy cómico que incluso Amalia sabe apreciar, así cuando el anticuario le contó que tenía en vistas la compra de don Francisco Ruiz, el médico, exactamente así se lo dijo, pensaba comprárselo todo, qué desfachatez, el pobre viejo, se había comprado su pisito en el Cerro Falón, decía Cigala, eso lo sabe todo el mundo y el anticuario está dispuesto a amueblárselo con cuatro mesas de formica después de convencerle de que es lo suyo: qué barbaridad, ¿ahora dónde va a meterse tantísima gente como siempre hay esperando a ese hombre?, pues nada, ha entrado la manía de los pisos en este pueblo, claro que don Francisco a lo mejor lo ha hecho por eso, para ver si la gente se desanima y él puede descansar un poco, que ya va siendo hora. El anticuario ha dicho que a él le vendría de perlas una casa como la del médico (el patio siempre lleno de mujeres con niños que lloraban a todas horas, y gente que venía del campo saturada de fiebre y juraba que de allí no se movía hasta que don Francisco no le viera, y luego el teléfono siempre sonando, las cosas de los señoritos, ay, Paco, ven en cuanto puedas, que mamá se ha caído en la azotea y tiene mareos; condenada vieja, tanta manía de ir a esconder los huevos en el mirador, a la otra punta de la casa, con la edad que tiene y lo torpe que está, y a veces los insultos de los que esperaban turno, cuando le veían salir, vuelvo en seguida, es urgente, y la voz de alguna mujer sin reparo alguno para las procacidades, ¿qué pasa?, ¿alguna señoritinga con el coño escocido?, pues que se meta en cama y se dé friegas de vivaporú), el anticuario dice que tiene todo amontonado en el almacén (carpinteros de toda la vida, su padre tenía un taller en el Carril de los Angeles, pero a este niño al principio le dio por los coches, ya lo

dice la señorita Laura, se pasaba horas en plena
calle con grasa hasta las orejas: pues hasta el taller donde su padre trabajó toda la vida lo ha
dejado que no hay quien lo conozca), y aquello es muy chico y las cosas no lucen nada, por
eso está en tratos con el médico para comprar-
le la casa y dedicarla a exposición, hay que ver
qué progresos, y qué soltura de bolsillo, porque con la casa quiere que entre todo lo que
hay dentro, y lo que la gente dice, el pobre
viejo no lo va a resistir, siete millones dice la
gente que le ha ofrecido y don Francisco se lo
está pensando, yo creo, señora, que le da rabia
vendérsela, que, si fuera a otro, por la mitad de
ese dinero ya se la habría dejado. Amalia lo sabe
y no quiere pensar en ello, le resulta humillante, por más que Cigala le quite hierro al asunto
imitando con mucha gracia a la mujer del anticuario, brutísima que es la pobre y hay que ad-
mirarle desde luego la fuerza de voluntad, pero
es que en cuanto se descuida un poco da el do
de pecho y a Marcos se lo lleva el demonio,
como aquella vez que dijo, en una fiesta de la
Cruz Roja, yo es que tengo que andar con siete
ojos, tal cual (y la imitación del manicura resultaba conmovedoramente grotesca), con siete
ojos, porque en cuanto me doy la vuelta, éste
(y le largó un manotazo al marido que por poco
lo tira al suelo, con lo completito que estaba

en su terno azul marino, dijo Cigala, y se le escapó una repentina mueca de gusto) me vende la cama y no tengo donde dormir esa noche, o la mesa del comedor, o la biblioteca; y no te vendo a ti, hija de la gran puta, debía de estar pensando el pobre, porque no eres muda y chillas y armarías una escandalera de mil demonios, que si por mí fuera ya andabas en manos de un vaquero de Utah, que es un estado de Norteamérica que siempre me ha sonado fatal. Pero Amalia no puede sustraerse a la satisfacción que proporciona el conocer los secretos más turbios del adversario, los más grotescos, el placer a que convida una lucidez que permite analizar los cimientos más oscuros y ridículos de ese hombre, todo fachada, dice Cigala, que trata de avasallarla, que se cree seguro de sus fuerzas por la sencilla razón de que ella no se ha movido, no ha reaccionado, no ha hecho el menor gesto de alarma o de desprecio. Marcos ahora acaricia la moldura que envuelve la Natividad, apenas pasa las yemas de los dedos sobre el labrado, sin violencia alguna, con el equívoco desdén de cualquier experto que se sabe abocado a una decisión peligrosa, y ella se esmera en desentrañar ese rictus que ha aparecido en los labios del anticuario, ese quebranto mínimo pero evidente de la seguridad que hasta ahora ha venido reflejando en su expresión, y Amalia no puede

130

por menos de recordar el chismorreo de Cigala, el manicura se ha encargado de ventearlo, una anécdota cruel y divertida acerca de Marcos, que no se llama Marcos, naturalmente, ni de nombre ni de apellido, lo de Marcos es un alias de buen tono a imagen y semejanza de la firma de algunos modistas encopetados, yo ni sé cómo se llama de verdad, dice el manicura, a su padre le decían Cuadrado, no sé si por lo fuerte o por lo cerrado de mollera, de todas formas ellos no son de aquí, y cuando el padre abrió el taller en el Carril de los Angeles el pobre ya estaba fatal por culpa de la columna, de eso me parece que se murió; bueno, pues a mí me han contado, dice Cigala, de cuarto de estar en cuarto de estar, entre manos que trata con una delicadeza casi angélica, y es lo que una dice, que para ser artista, bailarín, poeta, manicura y sacristán hay que nacer un poquito maricón, de lo contrario no hay manera, y a lo que iba, me han contado, señorita Amalia, que cuando llegaron no tenían ni con qué taparse, el matrimonio y cinco hijos que eran (por cierto, uno salió de la cofradía de la malva, que nos conocemos todas, y ya digo que sobre éste, sobre Marquitos, también hay sus historias que algún día se sabrán, pero del otro ya no hay que saber nada, que lo suyo es más conocido que el Cara al sol, mire usted, vive en Sevilla y

131

también se dedica a algo de esto, a restauración de cuadros, me parece, y es un hombre muy fino y muy vicioso, siempre rodeado de criaturitas que en cuanto se despabilan un poco le sacan las entrañas, pero sarna con gusto no pica, como se suele decir, y algún gusto sí que le darán, digo yo, dice el manicura), pues no tenían con qué cubrirse las carnes, pero tal cual, al pie de la letra, baja la voz, abre mucho los ojos, se encoge como para decir, musitando, una procacidad que tiene que resultar excitante, y cuentan que en aquella casa, recién llegados, los chiquillos no tenían más que una ropa, un pantalón y una camisa para los cinco, le estaba bien al mediano y a los demás un poquito ancha o un poquito estrecha, y entonces el que antes se levantaba y cogía la ropa era el único que se podía vestir, los demás se quedaban en casa el día entero, a la espera de otra oportunidad. Lo más probable es que nada de eso sea cierto, Amalia no puede dar crédito a ciertas habladurías del manicura, entre otras razones porque sabe muy bien que también ella y su casa, y su hermano Antonio y las tormentosas excentricidades de don Luis, y todo este acoso del que es víctima por parte del anticuario, habrán recorrido la ciudad entera en el portamantas de la vespa, en el coquetuelo estuchito donde Cigala guarda amorosamente los instrumentos de

132

trabajo, y aceptar y dar por buenos los chismes que el manicura cuenta sobre Marcos significaría asumir una humillación que hasta ahora había conseguido desautorizar ante sí misma. Nada de lo que el manicura dice debe de ser cierto. Trata de convencerse de ello y se ve obligada a admitir que gracias a su falsedad tamaño chismorreo le entretiene, pues de lo contrario se vería obligada a taparse los oídos y gritar muy fuerte, hasta ahuyentar las palabras ofensivas del manicura —Marcos se ha vuelto, parece alarmado, sobresaltos por algo que Amalia ha hecho, por algo que quizá ha dicho, algo en todo caso que aún es incapaz de controlar por sí misma, todo es ya demasiado confuso: está la luz de la lámpara pegándose a los objetos con una devoción enfermiza, y a través de los cristales de la ventana es ya imposible distinguir el horizonte, la noche ha crecido imperturbable, nadie se ha presentado todavía, puede que Borja siga encerrado en la capilla sin que nadie se haya acordado de ir a arrancarlo de esa turbia embriaguez con que parece tratar de corroerlo todo, y él sigue aquí, reteniéndola, como tantas otras noches, tratando de mantenerla aislada de los suyos, tratando de convencerla creando a su alrededor ese vacío que la obligue a desentenderse de todo y aceptar cualquier tipo de proposición, incluso la que cabe esperar para dentro de muy poco, acerca del valor real del cuadro; pero el anticuario parece de pronto sorprendido, como si algo hubiera en la figura de la mujer, en su expresión, que él no había previsto, que le exige un esfuerzo desacostumbrado, y comete la torpeza de retirarse bruscamente de la pintura, con una precipitación muy parecida a la violencia, y Amalia se sorprende sonriendo con innegable aire de superioridad—, y sin embargo, le escucha pacientemente y deja que desgrane inconveniencias, sin alterarse, incluso cuando la humillación afecta a personas allegadas, a gente de su familia, es como sentirse un poco acompañada, y como si estar al tanto de las debilidades y de los pasos en falso de los demás le sirviera de incentivo para perdonarse a sí misma, un conocimiento instructivo, le dijo con aspereza a Antonio cuando su hermano se atrevió a reprocharle suavemente la atención que prestaba al manicura, y Antonio no quiso contestarle, resultaba evidente que hacía la posible por evitar todo enfrentamiento, pero eso, en lugar de calmarla, le obligó a demostrar que ella no era aún una enferma incurable a quien hay que consentirle todo. Haré lo que me dé la gana, casi gritó, y si ese estúpido tiene tanto interés por el cuadro que lo pague como es debido, de lo contrario, dijo, mientras Esteban trataba de calmarla con su afectuosa ironía, lo arrancaría de la pared, haría un fuego en la terraza y permanecería impasible hasta el final, hasta que las llamas consumieran por completo el lienzo y ese marco que algún oscuro y exigente artista, artesano sin nombre ni fortuna, había tenido el desacierto de convertir en clave de un largo desafío.

Alzó los brazos y unió las manos en actitud orante, mantuvo el gesto unos segundos, como si realmente se hubiera descubierto de pronto sin recursos y tratase de conjurar la derrota, y parecía no comprender en modo alguno la repentina vitalidad de Amalia, aquel afán por ordenar algunos objetos desperdigados sobre el aparador, donde ninguno parecía destinado a ocupar un lugar concreto por más que ella se esmerase. Pero estaba dispuesta, sin duda, a mantener al anticuario en el lugar que le correspondía —el ir escalando posiciones le había permitido, en un momento determinado, acceder a sarcasmos que meses atrás nadie le habría consentido, pero ya era diferente, estaba construyéndose una casa en La Jara y tenía excusas suficientes para justificar el sitio que había elegido para hacerlo, detrás de la venta, en una hondonada del terreno, sin vistas de ninguna clase, sin salida al mar ni a la carretera de la zona, había que seguir una vereda larguísima que arrancaba de la cuesta de Capuchinos, pero es que a mí mujer le da miedo quedarse sola junto a la playa, decía, y, aunque aquello no era en absoluto razonable, la simpleza de aquella hembra cuidadosamente aleccionada lo hacía al menos creíble; al parecer, Marcos empezaba ya a tutear a sus clientes más asiduos, lo cual además de significativo resultaba muy hábil, dado que quienes podían permitirse el lujo de visitar continuamente al anticuario para comprar eran, en su mayor parte, nuevos ricos, y los vendedores, gente de antigua buena posición, abocada a la misma situación de Amalia, familias que habían vendido sus agonizantes negocios vinateros a alguna marca reciente y avasalladora, los más afortunados por una discreta cantidad de millones invertidos en seguida en pisos y quizás alguna parcela junto a la playa, y luego aquella devoción repentina por las antigüedades, se decía que Marcos contaba ya con un prestigio sólido en toda la provincia: incluso gente de Sevilla y de Madrid viene a ver lo que tiene, debería usted ver su casa, señorita, dice el manicura, encantado en el fondo de que un chico tan guapo y con tanto desparpajo haya tenido el éxito que se merece con un género tan delicado y de buen tono como es el de los muebles de época y los cuadros decorativos, despojos de hundidas fortunas; qué importa que la mayoría estén falsificados, ¿verdad?, si son bonitos y descansan la vista de tanta mamarrachada como ahora se pinta y se fabrica. El manicura se atreve a presumir de tener un gusto clásico y selecto, ha tenido ocasión de visitar despacio la casa de Marcos en la ciudad, aquello parece un museo, pero a lo bestia, ¿sabe usted?, las cosas una encima de otras, maravillas, pero todas amontonadas porque ya no hay espacio, ni un rinconcito cómodo y acogedor, un agobio, un empacho de preciosidades que ya ni lucen ni nada, se entiende que quiera comprar la casa de don Francisco Ruiz, y eso que me parece, le parece a todo el mundo, que el médico se está jugando la confianza que le tienen las familias bien de la ciudad, no debería dar ese paso en falso (y Amalia sabe, o tal vez sólo lo desea, inconscientemente, que el médico acabará claudicando, igual que ella, igual que todos, y aquella casa de patio desmesurado y umbrío se verá rigurosamente embellecida por la mano maestra del anticuario y ese género ambiguo que él vende sin ninguna timidez, y ya no habrá gritos descarados en las habitaciones del piso bajo, todas ellas convertidas en una inmensa sala de espera sin más mobiliario que decenas de sillas baratas, y Marcos probablemente se verá en la obligación de colgar un aviso en la bellísima cancela de hierro forjado, recién pintada:

138

se comunica que la consulta de don Francisco Ruiz se ha trasladado a su nuevo domicilio. Calzada de la Infanta número treinta y nueve duplicado quinto derecha, al menos ha tenido la precaución de comprar un último piso, señorita, dice Cigala, meterá a la gente en la azotea, digo yo, porque ya me dirá usted qué puede hacer tantísimo personal en un pisito de la Calzada de la Infanta, y Marcos deberá sufrir durante meses el asedio y puede que los insultos de enfermos que no saben o no quieren leer el aviso de la cancela, algún castigo tendrá que tener), pero Marcos ya se permite ironías maliciosas sobre alguna de esas ruinas que ha construido lenta e inexorablemente el tiempo, no un siniestro fortuito, ni una mala operación comercial, ni siquiera la mala cabeza de herederos de notables fortunas que pensaban que nada había cambiado y que la gente seguiría sirviendo a ciegas, como si el viento no se hubiese llevado nada, ni siquiera eso, señorita Amalia, es gente que hace unos años tenía dinero y que ahora, de pronto, se da cuenta de que ya no le llega ni para coquinas, claro que hasta las coquinas están ya poniéndose por las nubes, ya se habrá dado cuenta usted a cuánto se están vendiendo en la plaza, así que ni para eso, y da mucha pena, pero usted sabe (cuando Cigala se pone razonable y formal arremanga el hociquito y parece una monja de la Caridad a la vera de un enfermo incurable) que el personal en seguida hace chistes y lo malo es que suelen tener gracia y a una no le cabe más remedio que reírse, que Dios me perdone—, y Amalia se mantiene erguida y distante, como si de pronto aceptase que su misión en nombre de todos los de su clase, fuese mantener al anticuario en su lugar, el que corresponde a cualquier facineroso por elegante que pueda llegar a parecer, un rufián disfrazado de simpático caballerete del auxilio social, como dice don Luis, de modo que ella, Amalia, procuró mantener una mirada arrogante, y cambió de sitio en el aparador, sin ninguna necesidad, pero a conciencia, un hermoso perro de mármol, y sintió una alegría muy honda, sin duda, al comprobar que el anticuario no se atrevía a corregirla, y no porque le faltasen ganas, bastaba con mirarle, no conseguía apartar la vista de la bella figura que desentonaba casi al borde de aquel mueble demasiado grande y macizo, demasiado sólido, algo que a él nunca se le ocurriría adquirir, y no sólo por razones estéticas, sino porque hay negocios en los que conviene jugar siempre con la discreción si no se quiere, a las primeras de cambio, aparecer como un arribista; y Amalia fue durante unos segundos dueña absoluta de la situación, incluso se permitió sonreír ante la actitud servil, incluso oferente, de aquel hombre que parecía haber perdido de pronto el sentido de las palabras, musitaba incoherencias con esa crispación de quien se sabe perdido y procura controlar los deslices, nunca evitarlos, en busca de una salida airosa, y deja caer los vocablos antes incluso de acabar de construirlos y Amalia se da cuenta, ahora, sin duda cuando ya es demasiado tarde, de que hace unos momentos lo tuvo a su entera disposición y nunca debió permitirle que se recobrara. Pero fue aquel recuerdo repentino del anticuario (hace apenas dos semanas, quizás la penúltima vez que estuvo aquí), burlándose de todos ellos, despojados por el tiempo de sus antiguas prerrogativas —ya sabe usted lo mujeriego que fue siempre don Enrique Fernández, el pobre, está lo mismo que esos adhesivos que los niñatos pegan ahora en los parabrisas de los coches, cuando lo hacen mal y se quedan tan arrugados, pues lo mismo, parece que le han echado almidón, y además sin una perra gorda, tengo entendido que quiere vender su casa (y a Marcos parecía que se le dilataban las pupilas al decirlo), pero es demasiado grande y encima está pegada a la bodega, nadie puede construir ahí, de manera que seguro que se le pudre; y Marcos se dio cuenta en seguida de que andaban pisando terreno peligroso, la expresión de Amalia se había endurecido y le brillaban los ojos como si fuera a romper a llorar en cualquier momento, y aquello sí que resultaba imprevisible, ella era una mujer áspera, amargada, lo sabía toda la ciudad, tan sumamente delgada que era sencillo imaginar las dimensiones exactas de su esqueleto un par de meses después de morir, ingrata tarea para los gusanos, bromeó alguien, y el anticuario dejó bruscamente de hablar de la casa de Enrique Fernández, que se derrumbará poco a poco, sin remedio, con el paso de los años, y pasó a bromear sobre sus mujeres, sobre las legendarias e improbables querindongas de don Enrique, un asunto mucho más divertido: pobre hombre, ya no tiene un real para pagarse sus orgías, usted ya sabe lo que cuenta la gente por ahí de sus buenos tiempos (el hombre más guapo de Europa, señorita Amalia, proclama el manicura, yo he visto una foto suya de cuando era mocito, conozco a una vieja del Barrio Alto que la guarda como oro en paño, en cuanto tiene ocasión se la enseña a todo el mundo, eso sí, y cuenta detalles de lo más desvergonzado acerca de sus amores con don Enrique, una belleza era la gachí, eso todavía se ve, y usted perdone lo que ahora voy a decirle pero es que tiene mucha gracia, en un pañolito de seda tan amarillo y tan tieso como el papel de retrete de hace años, cuando se vieron por aquí los primeros rollos,

¿se acuerda usted? —y el manicura ahoga una risita de novicia escandalizada—, es que es de lo que no hay, la vieja quiero decir, y le pido perdón de nuevo, tiene en ese pedazo de papel higiénico que parece papel de estraza una costrita como de engrudo reseco y unos números apuntados, ella se explica divinamente, el pegamento cuarteado ya puede usted figurarse lo que es, ay por Dios, la crema del señorito como dice la vieja con mucho respeto, y las cifras son centímetros, las dimensiones, ¿usted me comprende? —y Amalia se creyó en la obligación de no entender de pronto—, qué apuro, esto me pasa por parlanchina, por caridad no me obligue a ser cochambrosa, las dimensiones, lo ancho y lo gordo, por Dios, señora —y de pronto Cigala parecía angustiada, quién le mandaría a ella meterse en esos detalles, con lo que a una le ha costado aprender un poquito de educación—, haga un esfuerzo y olvídelo en seguida, es una cochinada, tiene su gracia, desde luego, la vieja que guarda el último derramamiento y tiene apuntadas en un papelito, desde los tiempos de Espartero, me parece a mí, las dimensiones del armamento íntimo de don Enrique Fernández), pues ahora el pobre, dicen, como no tiene con qué pagarse sus mujeres, no hace más que comprarse revistas de señoras en deshabillé y parece que tiene media casa empapelada con eso, y

hasta dicen que es feliz, que está muy orgulloso, que cómo no se le ocurriría antes, que ahora
no se vería en tanta miseria de haberse dado
cuenta cuando debía de lo baratas que resultan
las mujeres en papel cuché; y el anticuario deja
escapar una risita inmisericorde que tuvo que
interrumpir de golpe cuando Amalia, mintien-
do, le aseguró que don Enrique Fernández
era primo hermano de don Luis—, crueles bromas con un aire de superioridad que resultaba
demasiado diáfano para obtener un poco de
clemencia por parte de los humillados, tantas
familias avergonzadas a las que se iba des-
pojando poco a poco de sus tradicionales prerrogativas —el Ayuntamiento va a prohibir este
año las casetas particulares en la playa, dijo
Marcos en una de sus visitas al desván, cuando
tropezaron con la antigua caseta de baño de la
familia, ciertamente una especie de sarcófago
pintado a rayas blancas y grises, una estrafalaria
reliquia de cuando éramos jóvenes, admitió
Amalia con una sonrisa, como si sonriendo
pudiera calmar el escozor de reconocer bal-
día aquella juventud, grotesco el testimonio de
aquella pretenciosa caseta de baño, qué ganas
de dramatizarlo todo, se quejó Antonio, cansado sin duda de tantas suspicacias, aquellos recelos de su hermana cada vez que surgía en la
conversación la figura y la actividad del anti-

144

cuario, cada vez que se producía alguna nueva revelación, en verdad implacable con todos ellos, inevitable en aquel paisaje de entreguismo y decadencia; ahora todas las casetas serán sencillas, pequeñas e idénticas, dijo Marcos, lo justo para desnudarse y guardar la ropa, yo mismo he hecho el diseño por encargo expreso del señor alcalde, y estoy convencido de que la playa quedará así mucho mejor (dispuesto a no perdonar nada, a no permitir que se le escapase la menor oportunidad de demostrar la omnipresencia de su nueva posición, a dejar constancia de su talento en todo lo que pudiera significar un cachetazo para las personas distinguidas de siempre, qué poco estilo, dice Cigala, todavía obligada a una forma venial pero molesta de servilismo, a fin de cuentas una vive de esto y no va a tirar piedras contra su propio tejado, si las cosas cambian y hay que pasar a hacerles la manicura a las pollinas ya me adaptaré, pero de momento más vale guardar las distancias y que cada quisque mire por lo suyo, que ése es el primer mandamiento de la ley de la vida): se van a conceder por sorteo, no sólo las casetas, también el sitio, y Esteban pidió que le explicasen eso, le parecía fascinante, confesó, aquel mundillo de privilegios raquíticos pero celosamente guardados durante lustros, y este hombre es un auténtico revolucionario, dijo, y se reía, deslumbrado por la evidente falta de proporción entre las palabras y los acontecimientos que trataban de reflejar, un indiscutible caudillo, en la mejor tradición de los rebeldes populares, insistió, sarcástico, y sólo Antonio parecía en condiciones de captar en toda su amplitud aquel rosario de ironías que, por otra parte, resultaban ofensivas para todos, incluso para Lola Porcel, medio asfixiada por un mutismo que ella se esmeraba todavía por presentar como voluntario, en un auténtico alarde de rencor; Antonio se creyó en la obligación de explicarle todo a su amigo, aun sabiendo que era innecesario, si bien aguardando a estar a solas con él, no te pases, ¿quieres?, claro que supongo que también te resultará grotesco, fuera de lugar, impropio de esta civilización zarrapastrosa y barata que hemos construido, si te ruego que trates, al menos, de respetar las reglas más elementales que se supone debe cumplir quien acepta una hospitalidad como la que te damos (y Esteban, en efecto, no tuvo más remedio que reírse, aunque al hallarse a solas con su amigo siempre era víctima de una especial ternura, creo que has hecho mal en quedarte aquí tanto tiempo, susurró, y Antonio demasiado serio, algo melodramático, dijo tal vez nunca debí marcharme, empiezo a descubrirme a mí mismo, con mucha más certeza de la que quisiera, dentro de todas estas ruinas, demasiado atado a ellas y a cuanto permitió, durante años, que el edificio se mantuviese en pie), lo de las casetas es una pequeñez aunque admito que puede parecer sintomático, así como el hecho de que el último tramo de la playa fuera una especie de coto vedado, pero no creo que funcionase ningún tipo de agresiva discriminación, simplemente las cosas eran así, aquel tramo de la playa estaba reservado para la gente bien por una especie de consenso tradicional, aunque me consta que, una vez, cierta señora de dudosa reputación (qué retórico estás hoy, querido, interrumpió Esteban suavemente, cariñoso) se había empeñado, porque le salía de ahí, según explicó a voz en grito en las oficinas municipales, poner su caseta junto a la de doña María Martel, viuda de Caballero, porque si, después de todo, ambas habían compartido el mismo hombre (el difunto, por supuesto) no sé qué reparos tiene que poner, gritaba, a que una sea su vecina de veraneo, y estaba dispuesta a pagar lo que hiciera falta, aunque para ello se quedase sin comer un mes entero, que de la hija de mi madre no se avergüenza ninguna lagarta por mucho que tome el sol en su jardín privado, no te joroba, una también tiene su corralito y allí se puede poner en cueros siempre que quiera, ¿alguien tiene interés en comprobarlo? (naturalmente, no

faltaron voces que se ofrecieron de manera incondicional a dar fe de cuanto decía); tuvo que
intervenir la autoridad (por supuesto, alguna autoridad amiga de doña María Martel) para impedírselo aunque nada ni nadie le pudo impedir a la buena señora pasearse en las horas punta
por delante de la caseta de la viuda de Caballero, contoneándose como una barca en mar pi-
cado por el viento de poniente, luciendo el primer bikini que se vio por aquí, el manicura lo
recuerda, qué exageración, señora, todo al aire,
y como encima tenía mucho que enseñar era
de escándalo público, se lo digo yo, hasta que
consiguió amargarle el verano a la pobre doña
María Martel, y todos los veranos, me parece a
mí, porque desde entonces no ha vuelto a pisar
la playa, a mí me parece que de la vergüenza,
aunque la gachí no decía eso, claro, la gachí
decía la señoritinga ha tenido que irse a esconder el pellejo porque no aguanta la comparación (cosa que, por otra parte, era verdad, y bien
que había sabido apreciar la diferencia el difunto señor Caballero), lo decía a gritos en medio
de la playa, que avisen a un guardia, por Dios,
protestaban las señoras, qué escarnio, esta mujer
se ha vuelto loca, y la otra siempre parecía un
poco borracha, la señoritinga necesitaría un milagro para competir, ¿verdad que sí?, y una
turba de chiquillos la coreaba: ¡Síiiiiiii...!, hasta

que ella no podía más y se iba llorando—, por eso La Jara no tiene precio, señora, dice Julia. La Jara ha tardado mucho más en rendirse, se ha mantenido desdeñosa y distante, con el mar sitiándola, abrazando su elegante altivez, el desafío de grandes extensiones de terreno vedado para los domingueros que se aventuraban hasta aquí, porque parejas exaltadas siempre hubo por la parte del Castillo —han cortado los eucaliptos de Villa Mercedes y hay de pronto una desolación palpable en lo alto de ese montículo al que antes sólo turbaba, cuatro veces al día, el paso del ferrobús que enlazaba la ciudad con Cádiz por la costa (nunca olvidará Amalia aquel día en que cometió la imprudencia de llevar a su padre a la consulta del médico en ferrobús, la estación de La Jara, un simple apeadero sin control de ninguna clase, está muy cerca de Montecarmelo y el viaje resultaba así muy económico, pero a don Luis se le dispararon los nervios al encontrarse encerrado en un coche atestado de gente y Amalia no tuvo más remedio que apearse en Rota y seguir el viaje en taxi), pero ahora han cortado los árboles y de nada sirvió que lo alambraran, es terreno vendido por nada a la invasión de los domingueros—, pero han tardado en adentrarse más allá de la primera escollera. El gran recurso de esta zona para mantenerse a salvo era la absoluta incomodidad de la playa o más exactamente, del mar, demasiado extremoso, grandes mareas que levantan el fango del fondo, enturbiando las aguas hasta extremos alarmantes —y Amalia sabe que se ha hundido repentinamente, demasiado pronto, lo de hace unos minutos fue sólo una reacción fugaz, vulnerable hasta lo patético, ha bastado la presencia de un recuerdo cruel para destruirla, diáfana surge la imagen de esos castillos de arena que Borja construye, con admirable rigor, con deslumbrante pericia (por más que en todo momento se haya negado terminantemente a participar en cuantos concursos de figuras en la arena se celebran en la playa de la ciudad durante el verano, como si no estuviera dispuesto a prostituir un arte en el que parece jugarse la fuerza de su alma), siempre demasiado cerca del rompeolas, cuando la pleamar avanza, buscando esa redondez de las aguas que a Amalia, desde hace meses, no puede dejar de antojársele, siempre que la contempla, el vientre de un ahogado, la hinchazón de la muerte que nace de los confines del mar, de forma que cada uno de esos castillos tiene una vida muy limitada, y es como si Borja calculase, a partir de las marcas que la marea anterior ha dejado, cada vez con mayor exactitud, el mínimo de tiempo que transcurre entre la conclusión de su obra y la llegada del mar que la devore, a veces contados segundos, sin que Borja tenga necesidad de precipitarse, dejar alguna torre a medio hacer, todo lo deja minuciosamente acabado, y sufre si alguna vez el mar es lento y descompone sus previsiones, si tarda en arrasar esos castillos tan fugaces, siempre el mismo, como una obsesión, como una fijación híbrida, placentera y dolorosa, secreta de todos modos, y Antonio difícilmente olvidará aquella rabia con que Borja destruyó, en una ocasión, a patadas, uno de los castillos porque el mar, brusco, se detuvo de pronto y no consintió en rozar la pequeña pero suculenta fábrica de arena que se le ofrecía, como si quisiera burlarse de él, de Borja, mira, dijo Antonio, estaba en la terraza con su amigo y a ambos les impresionó mucho aquella ira descontrolada del niño, y hubieran querido preguntarle, sonsacarle, pero Borja los esquivó violentamente y todo el cuerpo le temblaba de rabia, tenía los ojos emberrenchinados y aquella noche se negó a salir de su habitación, ni siquiera para cenar—, y cuando las aguas se retiran lo hacen con un fervor tan cruel como desafiante, muy pocos serán los que, al principio, en sus visitas a La Jara, en las horas de bajamar, no se hayan propuesto alcanzar la línea de la marea y entrar en ella al menos hasta la cintura, pero todo es inútil, puedes estar andando toda la mañana, dice Antonio, y el agua no va

151

a llegarte más arriba de la pantorrilla, puedes probar un día si quieres, resulta muy extraño y descorazonador. Resultaba, pues, lógico, que al gran público, como dice Laura, no le entusiasmara demasiado la idea de pasar los domingos aquí, y una tenía la sensación de disponer todo el año de playa particular, dijo Amalia —incluso durante aquellos meses en los que Montecarmelo estuvo requisado por el ejército nacional, una verdadera fiesta, la guarnición era toda muy joven y aparente, estaban guapísimos los muchachos con sus uniformes siempre tan bien planchados, nada guerreros, porque la verdad es que no tuvieron que dar ni golpe, excepto en las horas del parte, en las que se pegaban al aparato de radio como si se tratara de un grave deber, y hacían siempre algún comentario ingenioso que al viejo coronel le quemaba la sangre, porque el coronel se pasaba los días allí, con los jóvenes oficiales, en parte por un confuso espíritu de cooperación, pero sobre todo porque, recién estrenada la viudez, quería participar del éxito con las muchachas de aquellos intrusos que habían entrado a saco en su palacete con la mayor de las confianzas, la que proporciona la seguridad de estar sirviendo a la patria, decían ellos, con alegre desfachatez, y de una manera tan cómoda, cierto que había hasta un par de cañoncitos en la terraza, pero ni que decir tiene que jamás se usaron, dijo don Luis, de lo único que tenían que defenderse los pobres era de las niñas (Amalia lo recuerda muy bien y hasta ha descubierto, de pronto, que el anticuario presenta un extraño parecido, casi de vodevil, con el capitán que mandaba, entre disgustos y disgustos, sobre aquel grupo de amiguetes, a ella fue el único que le llamó la atención, y don Luis lo sabía, y también el viejo coronel, a mi suegro no se le escapaba una, dice su padre, el padre de Amalia, mi padre, dice ella, que se pasó la guerra refugiado en la embajada de Guatemala, en Madrid, te juro que el fregado me pilló de visita, y menos mal que Carmen y Laura no le acompañaron, Laura porque siempre fue reacia a moverse más de lo estrictamente imprescindible, y Carmen porque, con la niña trastornada por la pubertad y muy débil no consideró un viaje tan rápido y molesto, a fin de cuentas don Luis sólo iba a enterrar a una vieja tía solterona que le había dejado en herencia, ante la sorpresa de todos, veinte mil duros de entonces: los veinte mil duros se perdieron como la honra de la Chelito, como el barco del arroz que es una cosa que dice mucho Cigala, y don Luis trató de ponerse en contacto con ellas, todo inútil, y tardó tres años en volver a la ciudad y encontró a una hija quinceañera y desgarbada, anémica hasta conmover, que se había enamorado del capitán cuarentón que trataba de poner orden en el Montecarmelo ocupado en nombre de la Cruzada), el pueblo se había quedado sin hombres y aquello era una verdadera peregrinación, más concurrido estaba que la ermita de San Antonio el día de su onomástica, y a más de una le dieron un disgusto, decía Lola Porcel, hijas de familia mancilladas por una guerra que sólo se dignó arrastrar por este lado de la península un poco de veneno—, y resultaba muy cómodo, añade, porque podías bajar de cualquier manera a darte un chapuzón, sin ningún tipo de miramientos, allí tuvieron durante algún tiempo a unos caseros jóvenes que se bañaban desnudos siempre que podían, y gloria daba verlos, señorita Amalia, se relame el manicura, qué pareja más bien hecha y con qué inocencia lo hacían todo, como Adán y Eva en el paraíso. Amalia lo ha pensado a menudo —ella recuerda aquella seriedad precoz incluso en sus enamoramientos, tu hermana nunca fue una muchacha romántica, le dice don Luis a su hijo Antonio, todo lo contrario, seca como la lengua de un muerto, pero esto de la finca la tiene muy nerviosa, y no es que con la preocupación se haya desmejorado, eso desde luego que no, dice Cigala (y el manicura baja la voz y arruga los labios de una manera muy cómica, de modo que las palabras le salen em-

154

badurnadas de una especial malicia, una suerte de hipócrito remilgo), eso no porque no es posible, si esa mujer se sigue desmejorando va a parecer el breviario del párroco del Carmen, un revoltijo de cochambrería que da fatiga verlo, pero lo que sí está es como si la ropa no le llegara al cuerpo, tal cual, literalmente, siempre tirándose del borde de la falda, ni que tuviera algo que tapar, la pobrecita, y de pronto vuelve la cabeza a cualquier parte, como muy asustada, una porque ya se ha acostumbrado, pero los primeros días era un sobresalto continuo y el manicura asegura, de casa en casa, que ella terminaba descompuesta; Amalia nunca escribió un diario ni escondía cartas entre los libros, es decir, sólo lo hizo una vez, en aquellos días, dice don Luis, cuando yo regresé aún estaba ocupado Montecarmelo, pero el capitán vivía en la ciudad, alquiló un piso y se trajo con él a toda su familia, y Amalia había escrito su nombre (Armando, habráse visto algo más propio, bromea Cigala) ochenta y siete veces, en una tira larguísima de papel higiénico, ay qué cosas, claro que entonces el papel higiénico, aquel tan áspero y tan marrón, estaba a precio de oro, un lujo para sibaritas, y a lo mejor a la pobre le pareció poco menos que sublime escribir allí el nombre de su Armando, de aquel amado que no le amaba, cuando don Luis lo descubrió no

155

pudo evitar infinidad de bromas que a Amalia, dice Antonio, tuvieron que resultarle crueles; es que yo llevaba tres años encerrado en un maldito sótano, sin noticias ni de Carmen ni de mi hija, se lamenta ahora don Luis, y es entonces cuando se pone más triste, como si se supiera culpable de la infinita melancolía de Amalia, de este no querer salir de lo mío, como ella dice, yo soy así y no tengo por qué cambiar, pero no hay modo de convencer a mi padre de eso y la verdad es que sólo consigue avergonzarme (a lo mejor le entra la tristeza, de pronto, en medio de una conversación, y delante de todo el mundo repite por enésima vez la historia del papel higiénico y las ochenta y siete veces que ella escribió el nombre de Armando, y le tiembla la congoja en la voz por lo crueles que fueron sus bromas entonces, quizás ya no te acuerdes de eso, y Amalia siempre se apresura a asegurarle que no, no lo recuerdo en absoluto, papá, y haz el favor de no volver a hablar de esa estupidez), pasó una semana entera hurgando en la casa, en busca de huellas de aquellos años que él había perdido en cautiverio, tratando de recuperar de golpe todo ese tiempo encerrado tan dentro de él, tan lejos de él, y no sólo tuvo que descubrir la larga tira de papel higiénico con el nombre del capitán escrito ochenta y siete veces, sino todas aquellas cartas que Carmen, por aquel entonces, empezó a recibir (Helmut, el arquitecto alemán que nadie sabía cómo pudo conocerla, jamás fue visto por la ciudad un personaje así, a menos que fuera demasiado insignificante, lo que no parecía probable, sobre todo físicamente, y por fin alguien construyó una versión que ha quedado para siempre como buena: la mujer de don Luis había escrito a la sección de correspondencia amorosa de una revista, tal vez en respuesta a la solicitud de relaciones por parte del arquitecto alemán, destinado provisionalmente en Bruselas; desearía mantener correspondencia con señorita española culta, dulce y dispuesta a viajar y compartir las aventuras de la vida, se garantiza máxima discreción), y sin embargo sobre eso no quiere recordar nada—, pero es ahora, en este momento, cuando recuerda con alarmante claridad todos los detalles de aquella otra pintura que le vendió al anticuario en cuanto recibió de su parte una oferta digna: Adán y Eva en un paraíso absolutamente cómplice, donde la vegetación se enredaba tras ellos en un abrazo lujurioso, y había un ángel aburrido que parecía más bien envidiar la suerte que les espera al otro lado del Edén (bloques de pisos con vecinos chillones al otro lado del tabique), porque todo el paraíso abandonado parecía quedarse de repente sin razón de ser, la fruta con un plazo muy breve para madurar y pudrirse y el agua de los ríos enturbiándose durante la época de celo de los peces —y Amalia que se sorprende ante las manos abiertas y la sonrisa del anticuario, ese peculiar rictus que asoma a los labios de los vencedores elegantes, él cuenta a su favor con los recuerdos que a ti te atormentan, Amalia, ha escrito Antonio, en esa carta que piensa dejar sobre la almohada del lecho de su hermana cuando, una mañana de éstas, sin previo aviso, abandone Montecarmelo, adonde ya nunca volverá, ni siquiera bajo invitación expresa o alarmante amenaza de esa gran puta, dice, que lo ha comprado; la sonrisa del anticuario sobre ella, penetrándole en la piel como el filo de una navaja, sin irritarle, sin producirle el más leve dolor, ese pinchazo apaisado y movedizo que ha encontrado una piel anestesiada, ya todo está consumado, señora, ahora voy a permitirme el lujo de desenmascararme, de desautorizar bruscamente esa razón que, en teoría, me ha obligado a insistir tanto, la categoría del marco y, hasta cierto punto, de la pintura; es lo que debe de estar pensando y ella, Amalia, carece ya de fuerzas para enfrentársele—; nunca va a disolverse el silencio que envuelve estas habitaciones, sobre todo las del cuerpo delantero del caserón, tanto tiempo cerrado, y puede que suene alguna voz extraña, pese a tantas reformas imprescindibles, mientras sus nuevos habitantes traten de saborear al aire viejo, la luz acuarelada que parece no distanciarse nunca, la sonoridad de esos techos que parecen espejismos, tan grande es el vacío que los días han ido construyendo a tanta altura y tan intensa las desdichas que se han ido refugiando entre las vigas como águilas enfermas. Amalia trata, sin duda, de volver a la butaca, en un último intento de recuperar la quietud de hace apenas dos horas, cuando Marcos no podía adivinar siquiera que ésta pueda ser la última conversación, ya no habrá nada que discutir o rememorar, a lo sumo leves anécdotas de una dolorosa despedida, y el manicura puede encargarse de propagarlas en el momento oportuno —don Luis cumplió su promesa, dice Cigala de casa en casa, y han tenido que volver a encerrarlo, porque a ver, es un peligro público, ha echado mano de su escopeta y le ha largado a la pobre tórtola cuatro tiros que la han dejado destrozadita, mire usted qué horror, llevaba tiempo diciéndolo, este bicho ya anda a punto de curarse y se va a largar, antes de que lo haga más vale un buen tiro y a la cazuela, y parece que Borja vomitó nada más oírlo—, cierto que Cigala exprime como naranjas jugosas todo lo que ocurre en la ciudad y cualquier otra versión resultará siempre pálida junto a la suya, porque alguna buena cualidad tenía Dios que darle a una, que no me jeringuen, dicen el manicura. Amalia, sin embargo, no se mueve, tiene miedo de hacer un solo gesto, siente sobre ella los ojos voraces del anticuario, y sin duda teme tropezar con los despojos de toda una vida desgarrada, flagelada, hecha añicos, jirones sanguinolentos, esta tarde en el salón, mientras Marcos extendía su trampa con la habilidad de Pedro el Corralero su red para atrapar mojarras cuando la bajamar se precipita, se desnuda el mar con una violencia que llega a dañar los ojos, se deshace la mirada de Amalia, estremecida en el balcón que da a poniente, sola, sin escuchar los pasos de Julia que se acerca, la voz de Julia anunciándole, con una leve vacilación, señora, el señorito Marcos ha venido, le he pasado al salón y dice que es sólo un momento —y el anticuario apaga el cigarrillo inmediatamente, al verle entrar, y hace una inclinación exquisita a modo de saludo, y sonríe como pidiendo disculpas por algo que, a fin de cuentas, es para el bien de la señora, estoy dispuesto a jurárselo, dice, suavemente—, si puede recibirle.

Nunca imaginó que pudieran ser tan largos estos corredores, estaba Julia esperándola en la puerta del salón y tal vez debió dejar que se entretuviera con cualquier cosa allí dentro, a fin de cuentas ya había muy poco que decir, sólo cerrar el trato y evitar que se interpusiera algún recelo de última hora —todo lo demás está vacío, no hay nada que pueda interesar, sólo si conoce a alguien dispuesto a llevarse los viejos muebles, incluso gratis, Amalia no pretende cobrar nada por que le eviten las molestias y un desasosiego desmesurado, irrazonable, no saber qué hacer con ellos, una inmensa hoguera que consuma las últimas melancolías—, y Marcos ha puesto ya el talonario de cheques sobre la mesita de café, el talonario de cheques abierto, no me gustaría que se arrepintiera en el último instante, dice, y menos por cuestiones de dinero, esa maravillosa sonrisa que Julia no duda en alabar pese a la tristeza de la señora, igual que Tony Curtis, cuando Tony Curtis era joven, desde luego —pero no hay nada de que arrepentirse, no tiene el propósito de discutir, ha llegado muy dócil y sólo comete la torpeza de preguntar por la mujer del anticuario, de preguntar por su chalet, ¿todavía en obras?, y debe contener el sobresalto al enterarse de que la casa ya está terminada, y de que la mujer del anticuario ha echado a perder, en cierto modo, la línea de la casa con su manía de ponerles rejas a los ventanales, al arquitecto le ha dado un sofocón, ¿acaso no se lo había contado el manicura la última vez que vino? (esta es la última vez que vengo a Montecarmelo, señora, qué dolor), pensamos mudarnos esta misma semana, le ha dicho Amalia a Antonio, por favor que no dijera nada todavía, ni siquiera a don Luis, ni a Borja, ni a Lola Porcel, a nadie, ¿se quedarían ellos para ayudarle?—, la misma cara y los mismos ojos de Tony Curtis, una amable comparación que el anticuario sin duda conoce y explota, y Amalia rehúsa sentarse, ocupar de nuevo la butaca que le enfrente a la terraza, ahora vacía, despejada. Con el regreso de la marea volverá a crecer la bruma. Ha sido una locura pensarlo, desde luego —Antonio dijo que sí, permanecerían con ella el tiempo que hiciera falta, pero Amalia sospecha que huirán, los dos, en cualquier momento, sin avisar, sin despedirse siquiera de don Luis, y puede que no

162

escriba en mucho tiempo, puede que regrese a
Hamburgo a visitar a su madre, a contarle los
detalles del naufragio, o puede que trate deses-
peradamente de olvidarlo todo, y tal vez lo con-
siga—, pero Amalia no logra ahuyentar la idea
de hacer cuanto esté de su parte para que todo
quede destruido, y sabe que no hará nada y que
ese deseo insatisfecho se tornará en seguida y
para siempre en obsesión, aunque nadie vaya a
pedirle explicaciones, tiene que convencerse, ha
tratado de enfrentarse a solas a la fatalidad y
ha perdido, por eso abrirá al menos todas las
ventanas del caserón cuando el mar se haya di-
latado nuevamente, igual que un aguamala ese
dorso abombado que crece, implacable, desde
el horizonte, cuando la bruma se aprieta contra las murallas de contención para trepar luego
hasta la terraza, para resbalar, codicioso reptil,
sobre el cemento cuarteado —buenos dineros
tendrá que gastarse la Marivá en adecentar eso
un poco, es lo que todo el mundo comenta
ahora en la ciudad, y ella, Amalia, lo sabe, conoce perfectamente el nombre de la compradora, aunque ya a estas alturas sea incapaz de precisar el modo exacto en que llegó a ese conocimiento, no parece probable que se lo dijera el
manicura, y Marcos ha sabido mantener, a este
respecto, una discreción admirable, pero lo
único cierto es que ella, Amalia, conoce hasta

los últimos detalles del contrato y ni siquiera puede utilizar contra los demás esa arma desesperada que es el desprecio; acaso solamente contra ella misma—, e irá rascando la bruma, lentamente, los muros de la casa, los azulejos amarillentos de los balcones —la verdad, comenta ahora Cigala sin continencia alguna, a servidora siempre le ha parecido Montecarmelo una casa con la fachada llena de bañeras—, el herraje austero de las ventanas, y Amalia entonces se verá en la imperiosa necesidad de abrirlo todo, puertas y balcones de par en par, dejar que la bruma inunde todas las habitaciones, igual que el óleo la frente calenturienta de los agonizantes, y no habrá rincón oculto, escondrijo indultado, aunque se vea en la obligación de sorprender a su hijo Borja en la capilla, entregado a turbias ceremonias del alma y de la carne —y Marcos, perfectamente seguro de sí mismo, se atreve a proponer por última vez un pequeño recorte en el precio, expresa de pronto las serias dudas que alimenta sobre el valor de la pintura, y Amalia no quiere resistirse, es la suya una mirada ausente, desdeñosa, firme en la impotencia, incapaz sin embargo de conseguir que el anticuario la considere insultante, más bien parece provocarle piedad, hace un gesto muy estudiado de resignación, parece querer decir que, a la postre, él es el vencido, una galantería cruel contra la que Amalia permanece ya insensible—, y es muy probable que llegue el momento justo de sorprender a su padre apuntando contra la tórtola estremecida, y no sabrá impedir esos disparos, ni tendrá otro remedio que llamar en seguida al sanatorio, dar cuenta de lo ocurrido, convendría internarlo, señora, venga con él lo antes que pueda pero no le asuste, es preferible no excitarlo. Es preferible que llore sobre el cadáver de ese anhelo que habrá vuelto a perder, él, don Luis, dependiendo de todos durante tanto tiempo —Rafael Murillo nunca se opuso a que don Luis viviera con ellos y necesitara pedirlo todo, se limitaba a controlar los ingresos con el suficiente rigor como para que todos en aquella casa se sintieran humillados, y más tarde, cuando se fue con la putimeca, como dice Cigala, escribió ofreciendo una cantidad mensual que Amalia se vio en la precisión de aceptar inmediatamente, no debía importarle lo que dijera todo el mundo, eso le dijo don Luis temblorosamente, no debe importarte, y Amalia prefirió no responder, dejar que ella misma olvidara, con el tiempo, de dónde procedía el dinero; durante años, estuvo decidida a cortar en cuanto ella pudiera disponer de ingresos propios—, sujeto a la voluntad de los demás, pero aseguró que aquella tórtola le obedecería, la encontró medio oculta en la hojarasca de los eucaliptos, como los viejos deseos en la maraña de los días, abrumada por la fiebre, delatada por los espasmos del aleteo, y Amalia cometió el error de creer que podía servirle de distracción, se pasaba los días ensimismado, recontando humillaciones, removiendo la congoja de no haber servido para nada, alimentando tantas ausencias, esquivando eternamente los sueños que nunca podría cumplir —y Amalia permite que el anticuario se pueda considerar reconfortado por su última, tramposa generosidad, y observa cómo escribe el cheque con una parsimonia muy parecida a la condescendencia, con un levísimo desdén de excelente gusto, cumpliendo sin ansiedad alguna el pacto definitivo, y de vez en cuando musita frases inoperantes, curiosidades, veniales caprichos del lenguaje, bromas ingeniosas y cándidas— son veinticinco mil pesetas al contado y el compromiso de pintar sendas naturalezas muertas en los dos cuadros de marco ovalado, sobre los antiguos lienzos sobre los que aún sonríen, probablemente aturdidos por la posteridad, los padres de Lola Porcel; una vez Amalia había sorprendido a la vieja criada gimiendo frente a los retratos de sus padres, y no fue capaz de contenerse y tuvo que interrumpirle, asustada, y sorprendió en los ojos de la vieja sirvienta un odio redivivo, ¿quién le había engañado?,

166

los cuadros llevaban mucho tiempo arrumbados en algún rincón de la otra casa, Lola Porcel aún podía moverse con cierta soltura y ser responsable de sus decisiones, a pesar de saberse en desventaja, a pesar de aceptar con aparente resignación las obligaciones de servidumbre de los criados para con sus dueños, a pesar de todo es arriesgado suponer que realizara la venta de buen grado, e incluso si en aquel momento fue así, todo ha cambiado mucho; todo ha cambiado excesivamente aquí dentro, el viejo pacto entre amo y servidor se ha corrompido, puede haber descubierto tardíamente el engaño, su propia ingenuidad, aquel precio absolutamente ridículo que don Luis le propuso y ella aceptó sin rechistar, sin el menor reparo, alguien debe de haberle dicho ahora que esos cuadros valen un dineral, cosa por completo incierta, y Lola creerá haber descubierto de pronto, dice Antonio, que hemos estado engañándola de padres a hijos, obligándola además a estarnos agradecida—, su vida que se hunde, todas la vidas hundidas para siempre. Marcos dirá luego que está decidido a llevarse la Natividad cuanto antes, no como otras cosas, una cómoda permaneció en el corredor durante más de dos semanas, vigilante muda de la destrucción, hasta que al anticuario se le antojó oportuno mandar a alguien a recogerla, un tipo enorme, ojos increíblemente gran-

167

des y oscuros, apenas un asomo de vello en brazos y torso, sin embargo, el hablar cerrado y la risa sarcástica, dijo menudo muerto me han colgado, para qué puñetas puede querer la gente estos sarcófagos —Amalia alguna vez ha sonreído recordando la sorprendente pulcritud con la que el gigante pronunció sarcófago, algo inesperado en un energúmeno como él, y llegó a comentarlo con Antonio y su amigo alguna de esas noches en que los tres se quedaban en vela hasta muy tarde, don Luis anestesiado por los medicamentos y Borja puede que despierto pero inaccesible en su habitación, los tres en un clima de confianza demasiado imprescindible para ser cómodo, resultaban evidentes los esfuerzos para que nada se quebrara en la breve complicidad de la noche, y era preciso por tanto rehuir los temas peligrosos, evitar provocaciones excesivas, de forma que Antonio nunca confesó la verdad acerca de sus relaciones con aquel amigo, desconocido para todos, que siempre parecía estar al cabo de la calle, siempre atento a hacer comentarios ingeniosos, con frecuencia provocativos, burlones siempre, y siempre era capaz de descubrir doble intención en los gestos más cotidianos, rutinarios incluso, y tal vez por eso, como si buscara exponerse a alguna penitencia, Amalia hablaba mucho más de lo habitual en ella durante aquellas veladas que solían prolongarse hasta bien entrada la madrugada, y rescataba anécdotas que se empeñaba en presentar como divertidas, aunque todas ellas, sin remedio, acabasen por resultar patéticas, como Esteban se esmeraba siempre en subrayarle a Antonio—, y el tipo, sin duda, tenía razón. Son reliquias inútiles que tal vez el anticuario tarde mucho en vender, pero Marcos tal vez se sentía orgulloso por confusos deberes que había logrado cumplir aunque fuese a costa de perder dinero, gajes del oficio, dijo, con un aplomo que resultó una imitación excelente de la ingenuidad, y Amalia tratará ahora de imaginarlo en sus momentos de mayor intimidad, cuando haga recuento de sus avances de cada día, de las palabras corroídas para convencer a alguien, y es posible que le asome por el pensamiento un lejano terror, la sospecha de estar abusando de sus maliciosos recursos, el miedo a cortarse la propia mano como un verdugo temerario —esa presencia tan ideal que tiene, dice Julia, usando un lenguaje indudablemente mimético, ¿a quién se lo puede haber oído?, también Julia ha permanecido prácticamente encerrada aquí durante siete años, también ella ha participado del cautiverio y la profanación, sólo va a su casa y con su gente para la vendimia, porque entonces hace falta todo el mundo en el campo, señorita, si usted quiere me lo descuenta del suel-

do o me echa, pero tengo que ir, y Amalia no
va a descontarle nada ni a despedirla, mucho
menos este año, ¿dónde iba a encontrar otra
mujer dispuesta a aguantar las manías de todos
los de esa casa?, ¿dónde?, pregunta Julia, desafiante, patéticamente orgullosa de su resistencia
y su fidelidad; y la labia, para mí que se pasa
las noches ensayando en la cama con su mujer,
señorita, y habrá que verle la cara a la otra, con
lo brutísima que ha sido siempre, aunque hay
que reconocer que cuando se arregla puede dar
el pego en cualquier parte—, las palabras como
astutos reclamos para los pájaros perdidos del
orgullo y la memoria, las frases como topilleras
melosas y engañadoras, y a veces ni siquiera
hace falta esmerarse mucho, con ella no, con
Amalia ha sido arduo y lento, pese a la impaciencia de la muy ordinaria de la Marivá, yo
haré de eso un palacio, encanto, pero no me
da la gana que me la pegues, de forma que no
sueñes, cariño, con decorarlo —vieja zorra, bien
había descubierto su juego (y Amalia no se quiere mover, por temor a que sus pasos suenen ya
excesivos en una casa que ha dejado de ser definitivamente suya, en cuanto Marcos firme
ese cheque y lo deje abandonado encima de la
mesa, sabe muy bien que ella va a indicárselo
de todos modos, déjelo ahí, por favor, sin querer tocarlo, como si temiera que le dejara seña-

les perennes, la marca escarlata de toda claudicación), Marcos había convencido a Marivá de
su eficacia como intermediario, y luego se había
esmerado en abrirle los ojos a Amalia, usted
venda la casa vacía, niéguese a incluir los muebles en los precios que ellos le ofrezcan, yo pro-
meto conseguirle una cantidad importante (las
cifras de que se hablaba en al ciudad eran, de
todos modos, exageradas, el anticuario se encargó de sugerirlas hábilmente en beneficio, como
es lógico, de su prestigio profesional: he oído
ya tres versiones, dijo Antonio, y todas me parecen peregrinas, por supuesto tenía curiosidad
por saber la verdad, pero respetaba, de cualquier
forma, la reserva de Amalia, no quería inmis-
cuirse en un negocio que había dejado entera-
mente en sus manos, cuyo peso no había tenido el menor reparo en dejar caer, entero, sobre
los hombros de su hermana, ha sabido zafarse
de la vergüenza y encima queda como un señor,
Amalia lo ha dicho, cuando ni él ni su amigo
estaban presentes, con dos Luis comenzando a
extraviarse por algunas de sus alucinaciones y
Borja impaciente por ir a encerrarse en su habitación), a cambio, Amalia le prometía no entrar en tratos con ningún otro, ni profesional
ni particular, sobre todos aquellos muebles, objetos y cuadros que considerase oportuno vender, hay cosas que le serán útiles en el piso, de

manera que piénselo y no tenga ningún escrúpulo en negarme lo que quiera cuando yo se lo pida, que se lo pediré, es mi oficio, pero por ese lado, señora, usted no ha contraído conmigo mayores obligaciones—, y a Marcos le constaba que la compradora estaba asesorándose, desde hacía semanas, con un decorador de Cádiz. ¿Qué dirá cuando vea todas estas habitaciones vacías? Porque Amalia no quiso estar presente durante aquella ineludible inspección; ella estaba en el balcón, cara a poniente, y Julia se le acercó a decirle, muy quedo, el señorito Marcos acaba de llegar, era para avisarle de que los compradores vendrían a visitar la casa dos días más tarde, usted debe señalar la hora, cuando le sea más cómodo, a ellos les da lo mismo, y si acepta un consejo, dijo Marcos, procure tener para entonces, precisamente, alguna obligación inexcusable que cumplir. Debo visitar a tía Laura, decidió Amalia, hace siglos que no la vemos y sería conveniente, papá, que vinieras conmigo, se guardó muy bien de decirle la verdad, se hubiera empeñado en quedarse a toda costa, en conocer a los desaprensivos que disponían de dinero suficiente para quitarles la casa, para despojarles, y aunque resultaba más que probable que don Luis, en principio, no reconociera a la furcia —es un pésimo fisonomista, dijo Antonio, pero más que nada es que debe de tener un despiste de caballo, pues no ve acercarse en su vespa a Cigala y se va muy derecho a saludarle y de pronto se queda inmóvil, yo creo que el pobre Cigala hasta se asustó, y don Luis dijo vaya por Dios, hijo, te había confundido con mi sobrino Manolo: si Manolo lo sabe es capaz de matarlo, con lo presumido que es y lo que alardea de putero y de intransigente, que hasta vergüenza da oírle, a mí un ladrón o un cornudo o una tía cachonda me pueden hacer gracia, sobre todo la tía cachonda si no es la mía, dice, pero lo que es a los maricones les metía aceite hirviendo por el culo y luego los curaba con vinagre, no te jode—, pero ya se encargaría ella de presentarse, ay pero qué hombre, qué desmejorado te veo, criatura, no me digas que no te acuerdas de mí, la Marivá, si hasta salía en una canción que me compuso un admirador que luego se hizo famoso, buenas perras que ganó el gachó a mi costa, todo hay que decirlo. Hubiera sido inútil —lo sabe Amalia, lo sabe cualquiera— mantener ese engaño de la ignorancia, hacerse a la idea de que no sabe toda la verdad, y tratar de convencer a la gente de ello. De todas formas, Amalia insistía con el manicura, se lo ruega, no puede prescindir ahora de él, por favor, Cigala, ya sabes mi nueva dirección: ahora va a tener mucho trajín, señorita Amalia, y las manos se las va a poner perdidas de todos modos, cuando todo termine me manda aviso y hago un hueco como sea para atenderla a usted, faltaría más, y dijo cuando todo termine en un tono funeral, como si estuviera hablándole a una viuda desconsolada, y hasta él mismo se dio cuenta y le entró la risa, ay qué apuro, perdone, la risa no es por usted, una jamás sería capaz de eso, es que ahora mismo me acuerdo de lo de la niña del alcalde, del antiguo alcalde, quiero decir, pillada in fraganti, señora, y no quiero detallar, no voy a decirle a usted cómo estaba ese hombre, cómo tenía el pantalón, y lo que no era el pantalón, claro, a una, la verdad, la boca se le hace agua, el tronco de ese eucalipto, hija, bajaba a detalles para Julia y su novio, Cigala insinuante, tú también tienes un mocito muy guapo, hija, no te quejes, y le miraba la bragueta, la muy guarra, dice Julia, maricona viciosa, pero yo es que de la risa creía que iba a morirme, pero mi Angel hasta se enfadó y por poco le abre la cabeza de un cantazo, pero qué bruto es el pobre; Julia no tendría el menor reparo en avisarle, Julia quería quedarse con ella, no me importa el aumento de sueldo, una es de pocos gastos y a ese niño me parece que no lo voy a pescar ni haciéndome la permanente donde yo me sé, mire usted que soy franca, de manera, señora, que a lo mejor acabo como Lola Porcel, más arrugada que un higo en enero y aguantándole las manías a su hijo Borja, que mire que las tiene, y no se me ofenda, por Dios, y Amalia no se ofende, Amalia puede ya aceptarlo todo. Julia se quedará acompañándola hasta el último instante y piensa pedirle, dentro de unos días, de pronto, que haga ella sola todos los equipajes. Y es también imprescindible que el manicura siga viniendo, Antonio lo comprendía muy bien y Esteban continuaba empeñado en analizar las entrañas de todo aquel maremágnum de fidelidades y traiciones —a Julia, dijo, lo único que le ocurre es que ha terminado por convencerse de que es una muchacha fina y ese mecanicucho que la pretende no está a su altura, y lo que pasa, unos por mucho y otro por muy poco y ya ves por dónde tu hermana va a tener quien la cuide el resto de su vida: una más para la rueda de la degradación, murmuró Antonio—, el manicura le sirve de desahogo, en realidad se desahoga por ella, y es que no hace más que repetirme y sin saber quién me la compra, Cigala, y Cigala le dice a todo el mundo ¿a mí qué me cuesta hacer el paripé?, aparentar que cree lo que dice Amalia, he preferido no enterarme, lo ha preferido, menos mal, se burla el manicura de cuarto de estar en cuarto de estar, siempre de mano en mano, una siempre de mano en mano y gracias a eso tiene la cabeza despejadita y las antenas tiesas, y digo y afirmo que ella lo sabe, ¡que si lo sabe! —toda la ciudad lo sabe, el mar lo sabe, el ritmo sarcástico de una despedida sobre las aguas, y es posible que Borja no quiera irse, puede hacer cualquier locura, Antonio se comprometió a vigilarle, ¿dónde estarán ahora todos ellos?, sin duda intentando aturdirse, igual que ella, lo mismo que ella hará en cuanto la ejecución se consume, volverá al balcón asomado a poniente y tratará de alcanzar, por última vez, la marea que ahora se aprieta, como un cachorro malherido, en el horizonte—, y Marcos de pronto se incorpora y parece muy abatido, interpreta admirablemente su papel de apoyo incondicional, vamos a olvidarnos ahora de los asuntos desagradables, dijo en una ocasión, y si le parece voy a contarle la boda del otro día —un triunfo, había recibido la invitación para la boda que se celebraría en la Parroquia de la O a las siete de la tarde, la boda más fastuosa de la ciudad en muchos años, ese hombre ha tirado la casa por la ventana, y a continuación fue detallando el último estertor de toda una vida que agoniza, esa recuperación brusca y fantasmal de los enfermos horas antes de morir, el número de invitados, el número de camareros, la orquesta, todo lo mejor para su nieta, se ve que el hombre sabe que es lo último que puede permitirse, arruinado como está, todo el mundo lo sabe, y él sabe lo que sabe todo el mundo, pero ha querido despedirse a lo grande, y ahora sólo falta saber lo que pasará con la otra mujer y los otros hijos (la otra, la otra, la otra, canta maliciosamente Cigala), los mejores sin lugar a dudas, les dan media vuelta a los legítimos en todo, dice Marcos, con mucho énfasis, en guapos, en espabilados, en gracia y en mala leche, que a veces es también una virtud; vuelta y media. Y luego, para terminar, el anticuario le invita a visitar su casa, el chalet recién terminado, no es porque sea mío, señora, dice, pero ha quedado muy bien, de maravilla, ya ha pasado por allí media ciudad y todos con la boca abierta, entregados, eso él no lo dice, por supuesto, pero Amalia lo sabe, y busca una excusa, como tantas otras veces, porque se niega a consentir en esa última humillación, no quiere sorprender sus muebles en la casa de Marcos, la mujer de Marcos sentada en su butaca, sus miradas relamiendo los despojos de Montecarmelo, claro que sí, algún día, cuando se haya tranquilizado, la anima él—, pero ahora parece muy pálido y da la sensación de haber olvidado todas las palabras, de haberlas volcado en esta conversación hasta el extremo de no poder ya recuperarlas, como si de pronto hubieran dejado de pertenecerle, incrustadas firmemente en esta larga plática que ahora, ya, en este instante enfebrecido del crepúsculo, empieza a corromperse —hay un rumor lejano y turbio bajo el anochecer, frente al balcón de poniente; hay un rumor oscuro y distante, ardiente, despiadado, porque al otro lado del mundo el mar se inflama—, excelente fermento para la melancolía, estiércol de la congoja, Amalia, estiércol para mantenernos vivos, ha dicho Antonio, recién llegado, lívido, ¿qué más podríamos ofrecer?, con los brazos abiertos, en la penumbra, y Marcos no acierta a responder, y el cheque se escapa de sus manos, se queda sobre la alfombra, sin que nadie se incline a recogerlo, y no es posible que Amalia esté llorando —es sólo un espejismo, un fogonazo último del mar que ya no existe; Amalia está inmóvil, cercada por la espesa vegetación de la memoria, sitiada para siempre por los anhelantes lebreles del silencio—, es sólo —sobre sus mejillas— el resplandor postrero del fuego fatuo del ocaso, y el anticuario aprieta las mandíbulas, se yergue, sonríe, todo perfecto, musita, con la voz extraña, vacilante, perfecto, Amalia —y Amalia se sobresalta al oírse llamar así por este hombre—, se acabó, musita Marcos, tranquilícese, tranquilízate, ya hemos terminado con todo.

Esta primera edición de *Ultima conversación*, com-
puesta en tipos Garamond de 12/14 por Fotocompo-
sición Foinsa, se terminó de imprimir en el mes de
septiembre de 1991 en los talleres de Libergraf, S. A.,
Constitución, 19 (Barcelona).